KB266538

찢고 까불어야
지지고 볶네

찧고 까불어야
지지고 볶네

초판 1쇄 발행 2026년 5월 1일

지 은 이   유호명
발 행 인   권선복
편   집   권보송
디 자 인   김소영
전 자 책   서보미
마 케 팅   권보송
발 행 처   도서출판 행복에너지
출판등록   제315-2011-000035호
주   소   (157-010) 서울특별시 강서구 화곡로 232
전   화   0505-613-6133 / 010-3267-6277
팩   스   0303-0799-1560
홈페이지   www.happybook.or.kr
이 메 일   ksbdata@daum.net

값 22,000원

ISBN 979-11-24134-25-2 (03810)

도서출판 행복에너지는 독자 여러분의 아이디어와 원고 투고를 기다립니다. 책으로 만들기를
원하는 콘텐츠가 있으신 분은 이메일이나 홈페이지를 통해 간단한 기획서와 기획의도, 연락처
등을 보내주십시오. 행복에너지의 문은 언제나 활짝 열려 있습니다.

찧고 까불어야 지지고 볶네

유호명 지음

도서출판 행복에너지

예순일곱이니 슬슬 추스릴 때 같습니다. 사람들이 즐겨 쓰는 말 '행복'의 '행(幸)'은, 그 갑골문 자형이 당장 죽을 고비 겨우 넘긴 죄수의 손발에 채운 수갑과 족쇄라 합니다. "그래도 죽지는 않았으니 천만 다행"이라는 안도입니다. 원의에서 행복은 거창하지 않다는 말씀이고요, 그렇듯이 저는 지금 행복합니다.

신문에 기고했던 글들 다시 읽으니, 큰 의미는 없습니다. 그럼에도 굳이 모아서 책으로 엮음은, 제 삶의 흔적을 조금 남겨보자는 허튼 수작입니다. 고전 문자를 읽기도, 산과 들을 걷기도, 얼큰하게 취해 지척거리기도 했습니다. 개울가에 앉아 골똘히 사색에 빠진 적도 있네요. 모두 다 스스로 보듬어야 할 제 삶입니다.

첫째 장은 말의 뿌리를 더듬고 일상의 무늬를 살폈습니다. 말의 역사를 살피면, 잊었던 가치가 살아나고, 삶의 의미도 새로워지는 듯합니다. 둘째 장에서는 전통과 문화를 봤습니다. 낡은 것을 참고하여 새롭게 계발함이 옳지만, 그렇기 때문에라도 그 원형에는 돌보아야 할 가치가 있다고 생각합니다.

셋째 장은 필자가 살아온 경기도, 특히 그 북부 의정부와 양주에 대한 사유입니다. 산길을 걷고, 물소리 듣고, 골목 길 누비며, 지역사적으로 가꾸어야 할 의미를 짚었습니다. 이는 스스로에 대한 고유성 부여와 삶의 좌표 확인이었습니다. 넷째 장에서는 필자의 특별할 것 없고, 그저 소소한 생각들을 모았습니다.

마지막 장은 독자께 권하는 생각입니다. 부정적으로 소비되는 말 "찢고 까불기"는 그러나, "지지고 볶기"라는 행복한 조리 앞에 놓인 불가결한 절차입니다. 이 과정이 없다면 흥겨운 식탁을 차릴 수 없지요. 함께하는 세상을 향한 필자 나름의 권유로 이해하시면 좋겠습니다.

챕터를 나누었으나, 사실 그 사이에 명확히 의미가 갈리지는 않습니다. 정리하다 만 느낌마저 들어 죄송합니다. 게다가 시의성 잃은 것들을 고치지 않고, 게재 당시 그대로 실었습니다. 작성한 때를 감안하여 읽으시길 바랍니다. 이 쓸데없는 끼적거림을 책으로 엮어주신 출판 관계자들께 감사드립니다. 아울러 필자의 삶에 들어와 평생 활력이 되어준, 아내와 두 딸에게도 고마움을 표합니다.

2026년 3월

저자 유호명 드림

삶의 무늬 더듬는 따뜻한 시선

딱딱한 사건 기록에 묻혀 지내는 직업을 가진 제게 필자께서 보내온 원고 한 묶음은 청량제였습니다. 여름 날 시원한 냉수 한 그릇 같았습니다. 원고를 읽으면서 평소 무심히 여긴 낱말과 사물들이 필자의 손끝에서 얼마나 뚜렷한 생명력을 얻는지 느낄 수 있었습니다.

필자는 '낭만'이라는 단어의 일본식 발음과 어원을 추적하며 현대인의 이상과 현실 사이의 괴리를 짚어냅니다. 우리네 손때가 묻어 있는 소중한 물건을 뜻하는 '수택(手澤)'이 코로나 시대를 거치며 병균을 전달하는 오염원을 뜻하는 '개달물'로 바뀌어 사용되는 현실에는 유독 가슴 아파합니다 어릴 적 따라 외우던 천자문의 '천지현황'을 풀이하며

'검을 현(玄)'을 '가물 현'으로 풀어내는 글을 읽을 때는 자애로우시던 증조부님이 문득 떠올랐습니다.

아마도 필자가 말하는 가물가물 '현묘한' 경지는 점차 사라져가는 감각이 깊고 높은 지혜로 탈바꿈하는 장면일 겁니다. 글에 담긴 통찰은 불혹을 훌쩍 넘어서도 여전한 삶의 열정을 지켜내려는 이에게 어떤 울림을 줍니다. 필자는 '재갈'에서 유래한 '개그'와 '명함'에 담긴 공경의 의미를 되살려 줍니다. 기미독립선언서 속 일본식 접미사 '적(的)'의 빈번한 사용을 경계하는 글에서는 우리 말을 그대로 곱게 지키려는 정성이 느껴집니다.

이 책은 단지 필자의 지식 전달을 매개하는 에세이가 아닙니다. 믹스커피 한 잔의 여유 속에서 '카페 코레아노'의 정체성을 찾아내고, 짝 잃은 장갑을 보며 어떤 무의식의 세계를 그려냅니다. 글에 배어있는 필자의 내면세계를 꼼꼼히 들여다보면 문득 독자인 우리도 필자와 같은 유연한 일상의 철학자가 될지도 모릅니다.

제가 오래 전 졸업한 서울 변두리 중학교의 교훈은 "배움을 넓히고 예로써 절제한다"는 '박문약례(博文約禮)'였습니다.
이 책의 행간마다 바로 필자의 '박문(博文)'에 대한 천착이 고
스란히 담겨 있습니다. 이제 그것들이 엮여 한 권 책으로
읽히게 된 것이 너무 반갑습니다. 팍팍한 세상을 살아가는
이들에게, 이 책이 위안이 되기를 기원합니다.

의정부에서, 변호사 이임성

차례

Part 1.

차지, 권리보다 책임

[언어와 문자] 말에서 더듬는 삶의 무늬

Part 1.

차지, 권리보다 책임

[언어와 문자] 말에서 더듬는 삶의 무늬

무심코 뱉는 말과 일상의 문자에는 긴 시간 축적된 삶이 녹아있습니다. 첫 번째 장에서는 낭만, 산책, 명함 등 익숙한 낱말의 뿌리를 더듬어, 그 안에 담긴 본래 가치를 발굴해 보았습니다. 일본식 조어에 밀려 잊힌 우리말의 결을 살피고, '재갈'에서 유래한 '개그'나 '상아탑'의 타분한 유래두 살핌은, 단순히 지식 쌓기를 넘어 우리가 발 딛고 선 일상을 더 깊이 이해하는 통찰력 얻기입니다. 말의 역사를 살핌은, 어느새 클리셰로 굳어 무의미해진 물상(物象)에서 그 본래의 고유한 가치를 캐는 일입니다. 인생 후반에 서니, 한 번쯤 추스려 삶의 좌표가 제대로인지 살피고 싶었습니다.

낭만에 대하여

중세시대 로마 지배 하의 프랑스, 스페인, 포르투갈 등 변방에서 사용한 로망스어는 주로 평민의 가벼운 이야기 작품에 구어체로 쓰였다. 고급 라틴어에 물들기는 하였으나 로망스어는 민중어이다. 그래서 이 언어로 된 작품은 꿈의 세계나 모험, 이국적이고 괴기스러운 것들을 주로 다루었다. 그러다 달콤하고 몽상적이라는 하나의 표현 방식과 장르가 되었다. 로마(Roma)는 도시이며 제국이다. 이 말에서 나온 로만(Roman)은 '로마의, 로마가톨릭의'이면서 '로마인, 로마시민, 로마서체'이다. 로맨스(romance)는 '연애, 사랑, 애정소설, 모험담'이며, 로맨틱(romantic)은 '연애의, 몽상적'으로 번역된다.

소설로서의 '로맨스'는 대체로 기이하며 몽상적이고, 결말도 뻔하다. 영국에서는 이러한 통속소설 '로맨스'와 구분하여, 묵직한 장편소설은 '노블'(novel)이라 한다. '로맨틱'도 클래시컬

(classical, 고전적)에 대응되는 개념이다. 클래시컬 문화가 품격과 형식을 존중한다면, 로맨틱 문화는 분방하고 감성적이다. 미술의 '구도'에 이르면, 통일적이지도 명료하지도 않다. 다양하고 충동적이다. 비현실적이므로 살쩍 판타지나 고딕과도 맥이 통하는 것 같다.

로맨티시즘(낭만주의)은 계몽주의에 대한 반발이었다. 이전의 조화와 이성 같은 가치에 반해 자아와 개성 등의 주관적 태도와 감성을 중시하는 사조이다. 그래서 열정을 드러내고 미지를 동경한다. 로맨티시즘의 경향은 정형적 틀을 벗어난 개성적 표현이다. 한편 생각하면 일과 놀이가 분리되고, 여가와 문화가 확산되고, 개성과 창의성이 중시되는 오늘날은 로맨티시즘이 한껏 증폭된 때 같기도 하다.

로망과 로맨스의 일본말은 '낭만'이다. 랑(浪)은 일렁이는 물결, 만(漫)은 질펀함이다. 둑 타넘는 미친 파랑과 번지르르 윤활이 감지되니, 로맨스의 농탕과 감성을 잘 담았다. 그런데 한자 '낭만'의 일본 발음은 '로-망'(ろうまん)이다. 영어 로망(로맨스)과 한자 낭만을 똑같이 '로-망'으로 읽는다. 로맨틱(romantic)과 *浪漫的*(낭만적)도 '로-만테키'로 같다. 한편 한국에서 로망과 로맨스에 긍정적 의미가 덧붙은 데는, 이 번역어 '낭만'의 어감이 작용한 것 같다.

사전에는 본래 촌티 나고 저급한 로맨스 '낭만'을 「현실에 매이지 않고 감상적, 이상적으로 사물을 대하는 태도나 심리. 또는 그 분위기」로만 풀었다. 대척점 '노벨'(novel)을 간과한다.

로맨스는 로마다움, 곧 로마 지향이다. 그러나 고급문화를 동경해서 가상이 현실이 될 수는 없다. 성주와 기사가 십자군 전쟁 떠난 곳에 어중이떠중이 등장한다. 낭만은 제가 로마 본바닥 출신인 양 여인네 텅 빈 가슴 채우던 부방한, 다만 달콤한 삼류 이야기나 모양이다. 기사도로 무장한 영웅이 괴물을 물리치고 여인과 사랑에 빠진다. 그러나 이 뜨거운 감정과 달콤한 연애는 대체로 허영이며 현실 괴리이다. "시몬, 너는 듣느냐 낙엽 밟는 소리를"… 멋진 말이지만, 지나고 보면 거저 철 지난 잡지의 표지처럼 통속하다고 어느 시인이 말했다.

부윰하고 아스라한 몽환, 왕자나 공주라도 된 듯한 기분, 정의와 진리만으로 살 것 같은 자신감, 막힘없이 이루어질 것 같은 느낌들은 달콤하다. 모두 로맨틱하고 낭만적이다. 봄이라 그러한지 가슴 설레며 낭만을 꿈꾸게 된다. 가수 최백호의 표현을 빌리자면 "이제 와 새삼 이 나이에, 청춘의 미련이야 있겠나."만은 말이다. 최백호의 낭만은 로맨스인가 낭만인가.

(2021.03.10.)

어르신의 현묘한 말씀

천자문의 천지현황(天地玄黃)은 '하늘은 검고 땅은 누렇다'로 새긴다. 그런데, 하늘이 검거나 까맣다? 아무래도 블랙은 아니다. '현묘'의 현(玄. 검을 현)에는 어두움 외에 그윽함, 오묘함, 흐릿함까지 담겼다. 어른들께서 '검을 현'이라기보다 '가물 현'이라 소리하던 기억 가물가물 떠오른다. 사투리거니 했는데 아니었다. 우리말에 '검다'와 '가물다'가 있으며 '가물가물하다'와 '가맣다'도 있다. 천지현황의 천현(天玄)은 '하늘은 가물가물하니' 또는 '하늘의 [이치] 깊고 오묘하네', '하늘 까마득 높도다'로 풀 수도 있겠다. 천지현황은 '하늘의 도리는 깊고 높으며, 땅은 누렇거니 풍요롭다'쯤이겠다.

'가물가물'은 작고 여린 불빛 같은 것이 사라질 듯 말 듯 움직임, 무언가 보일 듯 말 듯 희미함, 정신이나 기억이 희미한 지경이다. 비슷한 말 '가맣다'는 밝고 옅게 검거나, 거리나 시간이 아득히 멀거나, 기억이나 아는 바가 없다는 의미로 쓰인다. 이 '가맣다'의 센 말은 '까맣다'이다. 현현(玄玄)은 지극히 깊고 가맣다는 뜻이다. 현(玄)은 '검다'라기보다 '가맣다'이며, '가물가물'(흐릿하거나 멀거나 어른어른함)이며, '까마득함(한없이 높거나 깊음)'이다. 의미를 확장해 세게 말하면 '까맣다'가 된다. 이 '까맣다'가 돼야 비로소 '검다'와 비슷한, 그러나 보다 더 깊어 알 수 없는 어두움을 가리키게 된다.

현(玄)은 심오한 무엇이다. 그래서 매크로하게는 우주를 담고 마이크로하게는 전자 속의 쿼크를 표현할 때도 현묘한 무엇이라고 말할 수 있다. 이것들은 너무 크거나 작거나 일반의 생각 밖에 놓인, 감각과 의식의 지평 너머 가물가물한 무엇이다. 인간의 가시권과 가청권 밖에 존재하는 무엇이다. 가물하고 현묘한 것들은 많다. 실체 짐작할 수 없는 아지랑이가 그렇고, 자욱이 내려앉은 안개가 그렇고, 웃음인지 울음인지 꿈결 속 아버지 표정도 그렇다. 집힐 듯 말 듯, 보일 듯 말 듯, 들릴 듯 말 듯, 알듯 모를 듯, 기(其)ㄴ지 미(未)ㄴ지… 과학이, 기술이, 문명이, 감각이, 마음이 어지간한 깊이와 넓이를 확충했어도 여전히 감감하다.

어르신들 불분명한 웅얼거림 속에는 현기가 가득하다. 늙음이란 것은 분명 감각의 닳음이며 여윔인데, 그렇게 사위는 감각에서 오히려 지혜 솟고 영성도 트이나 보다. 나무를 보다 눈 흐려져 숲을 보게 됨, 자잘한 촉각 무디어져 큼지막한 변화를 잡아채는 것. 눈과 귀와 코와 입에서 사라져 가는 감각들이 슬며시 가물가물 멀리, 깊게, 높이, 길게 놓고 보는 현묘한 지혜로 탈을 바꾸는 듯하다. 하찮은 세속의 것들에 눈 감고 귀 닫고 입 다무는 대신, 가물가물하고 아른아른한 귀신의 지경을 젊은 이들에게 중계하다, 이윽고 마침내 그곳으로 아주 옮겨 가는 것이 죽음 아닐까.

어느 노랫말처럼 애써 "늙어가는 것이 아니라 조금씩 익어가는 것"이라 자위할 것 없다. 어버이날 앞두고 돌아가신 어머니 말씀 마음에 굴려 보았다. 자연(自然. 스스로 그러함)의 흐름– 나이 듦, 일의 되어감, 무언가 자꾸 잃음, 이런 것들에 덤덤해져야겠다. 소리 살짝 놓치면, 흐릿하게 보면, 손가락이 자판 잘못 누르면 새로운 무엇이 되거나 보인다. 휴일 아침 등산 채비하며 장갑 찾았더니, 짝 잃은 장갑이 네 짝이나 된다. 혀를 차며 꺼내 놓았더니 이건 또 웬일이냐, 죄다 왼쪽만을 잃었다. 무의식의 이 현묘한 세계여! 나 모르게 튀어나와 현실을 지배하고 사라진 까마득히 깊은 곳의 무의식. 내게도 차츰 어떤 현기가 쌓이나보다. (2022.05.04.)

수택과 개달물 사이에서

마흔을 이르는 말 불혹(不惑)은 주관이 흔들리지 않는다는 뜻이다. 그러나 뒤집어 생각하면 불혹은 열정의 사그라듦일지도 모른다. 혹한다는 말은 삶에 대한 애착과 열망이니, 필자는 죽는 날까지 세상과 배움에 대한 열정을 놓치고 싶지 않다. 열정적 삶은 윤택하다. '적실 윤(潤)'에 '못 택(澤)'의 조합인 '윤택'은 물기 자작한 상태를 말한다. 의기로 끓는 피, 감동의 눈물, 몰입하여 고인 침, 노동과 사랑으로 솟은 땀은 모두 삶을 적시는 물이다. 이렇듯 체액 흥건한 삶이야말로 윤택이다. 덕(德)이 못 물처럼 그득하면 '덕택(德澤)'이고, 은혜가 넘치면 '은택(恩澤)'이다. 우리 삶의 모든 매끄러운 관계 뒤에는 늘 촉촉한 체액이 흐른다.

소중한 물건을 만지는 손길에는 땀이 밴다. 그 땀과 세월의 흔적을 '수택(手澤)'이라 한다. 자주 읽어 손때 묻은 책 수택본

㊀이 대표적이다. 제3자에게 수택은 더러운 때에 불과할지라도, 당사자에게는 미련이자 사랑이다. 어린 시절, 시골집 마루의 짙은 고동색 때깔이 지저분하게 보여 잣대로 벗겨내다 야단을 맞았다. 돌아보니 마루의 칠흑 같은 더께는 가족의 면면한 삶이 아롱진 수택이었다. 끼니때마다 둘러앉아 먹다 흘린 찌개 자국, 흙투성이로 뒹굴며 공부하던 아이들 흔적이 켜를 이룬 행복한 기록이었다.

수택은 노동과 사랑의 땀이요 접촉의 역사다. 씻어내야 할 불결함이 아니라, 곁에 두고 어루만져야 할 소중함이다. 그 윤기는 따뜻한 마음과 기나긴 세월이 빚은 추억의 질화이다. 물신(物神)이라는 말 마주할 때면 가끔 혼란스럽다. 자본주의 물질 만능을 꾸짖는 말인지, 반대로 애지중지 손때 묻은 물건에 깃든 영혼을 뜻하는지 헷갈린다. 이력이 삭제된 신상품의 쉬운 소비와, 오래 함께한 물건의 수택 사이에서 필자는 후자를 택한다. 손때 앉아 희미하게 빛나는 물건에는, 어루만지다 떠난 이의 정령이 깃든다. 낡고 퇴색한 것들에 신비로운 기운이 고였다. "늙어가는 것이 아니라 익어가는 것"이란 노랫말은 수택에 대한 따뜻한 통찰이다.

그러나 안타깝게도 우리는 너무 많이 소비하고 너무 쉽게 버린다. 이러한 행태는 이윽고 물질을 넘어 사람과 관계에까지 번졌다. 코로나19를 거치며 '수택'이라는 아름다운 물건은 이제 거북한 처지가 되었다. 보건학 용어에 '개달물(介達物)'이라는 것이 있다. 병원체를 매개하여 전달하는 모든 비활성 무생물을 뜻한다. 환자의 옷가지, 수건, 가구, 서책 등이 이에 해당한다. 괴질이 휩쓴 곳을 불살라 버린 역사 기록은 이들 개달물의 제거 과정이었다. 사람의 온기 스민 물건이 바이러스의 매개물로 지목되면서, 수택은 어느덧 빛을 잃고 오염원이 되었다. 그런데 이것들이야말로 수택으로서 모두 더없는 소중함 아니던가.

방역을 위해 손을 씻고 마스크를 쓰는 것은 분명 긍정적 변화이다. 덕분에 독감 환자도 줄었다 한다. 하지만 그만큼 소중한 이들의 손때와 손길도 우리 곁에서 멀어졌다. 서재에 가득한 수택본들 보면 마음이 착잡하다. 아이들에게 이 책들

은 아비의 기운이 배인 유산일까, 혹은 처분해야 할 개달물일까. 몽당비 귀신은 빗자루가 닳아 없어질 때까지 써야 비로소 붙는 정령이라 했다. 과학과 기술의 속도전 속에 추억과 사랑은 자꾸만 설 자리를 잃어간다. 물신이던 수택은 어느덧 개달물로 전락하였다. 언젠가 삶이 끝났을 때, 내가 남긴 흔적들이 깨끗이 치워야 할 오염원이 아니기를 바란다. 누군가 그리움으로 가만히 어루만지는, 은은한 수택으로 남을 삶을 살아야겠다. (2026.02.11.)

개그, 익살과 재갈

    말이나 몸짓으로 즉석에서 웃기는 행위를 외래어로 '개그'라 한다. 그런데 한국에서 익살을 가리키는 이 말 개그를, 영어사전에서는 격식에 맞지 않는 표현이라고 한다. 영어권에서는 개그보다 '코미디'를 주로 쓴다. 낱말 개그의 주된 의미는 본래 '재갈, 입막음, 재갈을 물리다'이다. 그 어원 자체도 '숨을 막다' 또는 목에 무언가 걸려서 '캑!'하고 뱉는 의성어로 추정된다. 그러면, '개그'가 콩글리쉬는 아니지만 한국에서는 영어권과 사뭇 다르게 쓰이는 셈이다. 개그 비트(gag bit, 말재갈), 개그 더 프레스(gag the press, 언론탄압), 개그 오더(gag order, 함구령) 같은 **표현**이 눈에 띈다. '익살'이란 뜻은 1700년대 말이나 1800년대 미국에서 '만들어낸 이야기'나 '말로 속이다'처럼 더러 속어로 쓰다가 굳어졌을 것으로 짐작한다.

    개그 즉 재갈은, 말을 부리려고 아가리에 가로 물리는 막대이다. 후에 의미가 더해져서, 소리를 내거나 말하지 못하도록 사람 입에 물리는 물건까지 가리키게 되었다. 소나 말 머리에 얼기설기 옭아 놓은 끈은 굴레이다. 이 굴레는 소의 코청 뚫어 꿰는 코뚜레나, 말의 혀 위를 가로질러 양 어금니 밖으로 빼낸 재갈에 비끄러맨다. 재갈(또는 코뚜레), 굴레, 고삐(또는 멍에) 순으로 구속의 고리와 끈이 이어지는 것이다. 재갈을 물리면 비명이나 지를까, 다른 소리를 내지 못한다. 굴레에 잇댄 고삐를 당기면 나아갈 방향도 마음대로 제어할 수 있다.

한자 銜(함)은 재갈, 啣(함)은 재갈 물림을 뜻한다. 입에 재갈 물은 듯, 어르신 이름자를 조심스레 여쭙는 것을 '기휘'라고 한다. 또 그래서 어르신 이름은 함자(銜字)라고 높여서 표현한다. 제사장이 공물 올릴 때 입김 닿지 말라고 입술에 무는 종이 함매(銜枚)는, 말하자면 한 장의 재갈이다. 야간전투 때 소음을 죽이려고 말굽을 싸는 천이나, 병사들 입에 물렸던 나무토막도 함매이다. 이 재갈이나 재갈 물림은 오늘날 명함이란 말에도 남아있다. 네임카드를 일본에서는 명자(名刺), 중국에서는 명편(名片)이라 한다. 그런데 우리만 독특하게 명함(名銜, 名啣)이라는 말을 만들어 쓴다. 상대에 대한 공경이 담긴 표현이다.

한국에서의 개그는 2000년대 이후 별 주목을 받지 못하고 있다. 리얼한 버라이어티 프로그램들로 판세가 바뀌면서 개그, 코미디, 토크, 만담 등은 대중성을 잃었다. 근래는 더 나아가 자연스러운 실생활을 들여다보는 관찰예능이 대세가 되었다. 코미디언의 웃음보다 여러 부문의 스타들, 전문직, 아나운서 등이 나와 드러내는 현실에 더 흥미를 느낀다. 게다가 창작 중에서도 퍽 어려운 분야가 개그이다. 시청자가 이야기나 상황 흐름을 예측하게 되면 그 순간부터 웃기지 않기 때문이다. '빵 터지게' 만들 수 없으면 개그가 아니다. 가만히 보면, 요즘 잘나가는 사회자들이 과거 개그스터(개그맨)로부터 장르 갈아탔음도 알 수 있다.

웃을 수 없지만 정말 개그 같은 상황이 대한민국에서 벌어졌다. 한편에서는 국회와 언론에 재갈 물리려 한다며 반발하고, 다른 한편은 국회가 정부에 꾸준히 재갈을 물려온 탓이라고 주장한다. 번듯한 명함 지녔으되 바람직하지 않은 삶들이 퍽 많다. 실상을 알고 보니 명함이 그의 실력과 품성에 대한 증명이 못 되는 경우도 많다. 직장과 직책이 발하는 아우라 곧 후광을 자기 능력으로 착각하는 이들도 많다. 그래서 명함은 더러 순수하고 평등한 소통의 방해물이 된다. 명함 없는 이들의 너나들이가 훨씬 인간적임을 알 일이다. (2024.12.17.)

카페 코레아노가 여는 아침

건강이 무너진 탓인지 커피의 각성작용에 민감해졌다. 오후에 마시면 늦은 밤까지 잠 못 이룰 지경이다. 그래서 가급적 농도 옅은 아메리카노나 역시 옅게 탄 봉지커피를 즐긴다. 그것도 따뜻한(?) 아이스 아메리카노가 좋다. 따뜻한 커피 한 모금 머금고 입 안에 감도는 은은한 향을 천천히 즐긴다. "너무 진하지 않은 향기를 담은 너, 너를 만지면 손끝이 따뜻해 온 몸에 너의 열기가 퍼진다. 소리 없는 정이 내게로 퍼진다". 두 손으로 감싼 우툴두툴한 커피 잔의 질감도 따뜻하다.

미국 스타일의 커피 '아메리카노'는 진한 커피 에스프레소에 물을 부어 옅게 희석한 것이다. 유럽은 기압이 낮아 커피를 진하게 마신다고 들었다. 저혈압 임신부에게 에스프레소를 처방하기도 한다. 반면 미국 서부 종단하며 고속도로 휴게소 들르니, 과거 국내 식당의 커다란 스테인리스통 보리차처럼 큰 컵

으로 들이켠다. 유럽은 흐린 날이 많고 안개도 자주 깔리는 등 기압이 낮다. 반면 선키스트 오렌지와 포도로 대변되는 미국 서부는 높은 하늘과 뜨거운 햇살의 고기압이다. 이런 연유로 유럽은 혈압 올려주려 진한 에스프레소를, 미국에서는 반대로 연한 아메리카노를 즐긴다.

젊어서는 '아메리카노'라는 커피 스타일을 모르고 지냈다. 커피 업체의 선전도 '부드러운 맛'이나 '은은하게 퍼지는 헤이즐넛 향' 같은 문구였다. 헤이즐넛 커피는 서양 문화를 남보다 일찍 경험한 국내 패션업계 주도로 유행하였다고 한다. 그런데 이 헤이즐넛(개암) 향기가 커피 운송 지연에 따른 변질이나 저품질 커피의 모자람을 보충할 요량으로 첨향한 것이라는 말도 있다. 그렇다면 맛은 모르면서 멋만 추종한 셈이다.

오늘날의 흔한 커피도 한때 사치품이었다. 가난한 나라에서 외화만 낭비하는 몹쓸 물건으로 취급되어 자주 금지의 대상이었다. 커피 수입이 허가된 때는 1964년이다. 당시 전국의 다방이 3천 개 미만이었는데, 지난해 서울의 커피점과 카페만 1만 5천 곳이라 한다. 편의점과 음식점까지 더하면 커피 애호는 대단하다. 케이무비와 케이팝 같은 한국 고유의 것이 세계적 주목을 받는 때다. 그러니 대중교통 체계, 아파트나 도시건설 능력, 노래방처럼 어찌 카페(커피)에 코레아노(Coreano) 없을까. 노른자 동동 다방커피도, 편의점 믹스(mixed)커피도 한국만의 방식 코레아노이다.

필자는 카페 아메리카노를 '옅게 마시는 커피'로 새롭게 정의해 본다. 처음엔 에스프레소의 희석이었어도, 그러나 그 특질에서 카페라테에 물 붓든 봉지커피 묽게 마시든 모두 아메리칸 스타일이다. 옅은 아메리카노와 짙은 에스프레소는 다만 정수기 물 조절 나름이다. 한편 '카페 코레아노'의 특질 중하나는 '편리와 빨리'쯤이겠고, 그 반영이 믹스커피이다. 설탕과 크림과 커피를 차례로 담은 작은 스틱, 인스턴트 봉지커피는 퍽 편리하다. 컵에 털어 넣고 취향대로 설탕과 프림 조절한후, 빈 봉지 쥐고 휘휘 저으면 완성이다. 미국 남북전쟁 때 고안되었다지만, 그러나 믹스커피의 완성은 한국의 봉지커피 아닐까. 카페 코레아노, 국산 믹스커피 인기가 해외에서 뜨겁다고 한다.

동양인 사망 위험률을 커피가 크게 낮춘다는 사실을 얼마 전 서울대 등의 연구팀이 확인했다. 그러면서 특히 암이나 심혈관 질환으로 사망할 위험은 커피 마시는 사람들이 그렇지 않은 사람들보다 훨씬 낮다고 강조하였다. 어디든 노동 현장의 아침에는 봉지커피가 있다. 직원들 출근 전의 조용한 사무실, 봉지커피 옅게 타 들면 생각도 명료해진다. 카페 코레아노로 하루를 연다. (2022.06.01.)

박문(博文)과 히로부미

‘배움을 넓히다’ 정도가 될 말 ‘박문’(博文)을 일본에서 사람 이름으로 쓰면 ‘히로부미’가 된다. 한민족의 큰 원수 이토오 히로부미(伊藤博文, 이등박문) 이름도 그렇다. 김일성이 즐겨 쓰는 바람에 남한 사람들이 거북해 하는 말에 이민위천(以民爲天)- 백성을 하늘로 삼는다는 좋은 글이 있다. 박문(博文)이라는 공자님 말씀도 히로부미 때문에 께름하다. 공자께서 말씀하셨다. “널리 문물을 배우고 예로써 절제하면 도를 벗어나지 않으리.” ‘박문’은 박학어문(博學於文) 즉 ‘문물을 폭넓게 배운다’는 위 글귀에서 온

말이다. 객관적으로 평가하면, 사실 일본의 근세 인물 중 '히로부미'만큼 세계를 누비며 평생 부단히 배운 이도 드물다.

어릴 적 히로부미 이름은 '하야시 리스케'였다. 부친이 미즈이(뒤에 '이토오'로 바꿈)라는 무사 가문에 양자로 들어가자 그도 무사가 되었다. 이 젊은 하급무사 '이토오 리스케'가 큰 결심을 하는데, 우스갯소리 섞어 표현하자면 서당개가 되는 것이었다. 송하촌숙(松下村塾)은 일본 근대화의 아버지 요시다 쇼인이 건립한 교육기관이다. 히로부미가 이 서당 출신이긴 하나, 실제로는 신분이 너무 낮아 허드렛일 하며 방 밖에서 귀동냥으로 배웠다고 한다. 그렇게 하여 몸을 세웠으니 정말 서당개 삼년에 풍월을 읊은 셈이다. 이 사람이 유럽 다니며 배워다 메이지헌법 초안을 만들고, 의회도 확립한다. 추밀원 의장에다, 총리는 초대부터 네 번이나 맡는다. 대한제국 초대 통감 때 헤이그특사 사건 빌미로 고종을 퇴위시킨 원수지만, 일본으로서는 대단한 영웅이다.

객관적 시각에서 이토오 히로부미와 박정희 전 대통령은 퍽 비슷하다. 우리 역사에 10월 26일 두 개의 사건이 있었다. 1979년 박정희 대통령이 중앙정보부장 김재규의 총탄에 졌다. 그 70년 전 1909년 12월 26일에는 안중근 의사가 히로부미를 저격하였다. 박정희 대통령에 대한 평가가 극명하게 갈리긴 하나, 그가 오늘날 경제대국의 기틀을 잡았다는 사실을 부인할 수 없다. 일본의 근대화에서는 히로부미가 그러한 인물이다. 둘 다 유신을 외쳤다는 점도 같다. 히로부미 등이 주도한 일본 메이지유신을 박정희가 베낀 것이 시월유신이다. 한국에서 '유신=독재'의 등식이 성립하기는 하나, 둘 다 유신의 본래 의미대로 '비록 역사가 유구하나, 그 명을 새롭게' 한 점에서는 같다.

개인적으로도 가난한 소작농 자식, 강한 출세욕, 조국 근대화에 집착한 점 등에서 닮았다. 그러나 또 이들은 나라에 일정 해악이기도 했다. 그 강력한 구심력이 외려 국가 운명과 정체성을 부정적으로 몰아간 면도 없지 않다. 히로부미 등의 군국주의가 그 막강한 경제적 위상에 어울리지 않게 끽소리 못 하는 국민성을 만들지 않았을까. 한편 오늘날 한국의 진영 갈등도 박정희의 독재와 이념화에서 싹튼 것만 같다. 그리고 이러한 점들이 아직도 양국의 진정한 민주화에 걸림돌과 사회문제로 남아 있다고 필자는 생각한다.

하급무사 리스케는 메이지유신 후 히로부미(博文)로 이름을 바꾼다. 그는 왜 '박학어문 약지이례'(博學於文 約之以禮)를 이름에 담았을까? 조국을 위해 신명을 바치리라 다짐했을 터다. 한국의 정치인 중에도 히로부미처럼 다짐하는 이 있을까. 페이스북에 자강불식(自强不息. 스스로 굳게 힘써 쉬지 아니함)을 끼적였더니 중학교 때 교훈이 '박문약례'였다고, 그 말을 늘 가슴에 품었다는 댓글이 달렸다. 자라나는 학생들에게 어떤 꿈을 심어줄 수 있을지, 스스로 부끄럽다. (2020.07.17.)

기미독립선언서의 '적(的)'

일제강점기 이전까지 조선에서 '的'(과녁 적)은 거의 '분명·밝음'의 뜻으로만 쓰였다. 조선왕조실록의 '적(的)'자 사용을 보니 적지(的知, 정확히 앎) 918회, 적실(的實, 꼭 그러함) 610회, 지적(指的, 분명히 가리킴) 372회, 적확(的確, 틀림없음)은 152회 등장한다. 접미사 '~적'은 고종의 을사조약 기록에 '국제적'으로, 순종 때 '근본적'으로 한 차례씩 등장할 뿐이다. 이 두 개의 실록은 일본 궁내청이 간행하였다. 적(的)은 본래 '참, 분명, 밝다'의 뜻으로나 쓰였지, 관형격 접미사 '~적'으로는 쓰지 않던 말이다.

사정은 중국도 비슷해서, 120여 년 전까지만 해도 청과 조선에서는 '적'을 한자 명사 뒤에 접미사로 붙여「그 성질을 띠는, 그에 관계된, 그 상태가 된」의 뜻으로는 다루지 않았다. 어느 순간 그러한 쓰임이 일본에서 한자의 종주국 중국과 조선에 침투하였다. 어조사로서 '적'은 이전에 '지(之)'와 같이「나의 일」(我

的任)처럼 썼을 뿐인데, 일본이 1880년대 서양문물을 도입하면서 만든 접미사 '적'이 갑자기 중국과 조선에 들불처럼 번졌다.

영어 형용사형 어미에 '-ic, -ical, -ish'가 있다. 'ic, -ical'은 '~의, ~같은'처럼 형용사를 만든다. '-ish'는 명사에 붙어 '~같은', 형용사에 붙어 '~의, ~한'을 뜻한다. alcoholic(알코올성), electronic(전자의)과 technical(기술의)이 그러하다. 또 economic(경제의)과 economical(효율의), historic(중요한)과 historical(역사상), classic(일류의)과 classical(고전의)처럼 1개의 명사에 2개의 형용사를 만들기도 한다. '-ish'는 childish(유치한)나 boyish(소년처럼) 같은 형태로 나타난다.

형용사형 어미 '-ic'의 변형 '-tic'이 있다. 가끔 장난으로 '아동틱하다'(아동-tic) 같은 말 만들 듯, 개화기 일본에서도 그랬던 것 같다. '-tic'의 발음 '틱'을 일본인은 티키·치키로 소리한다. '적(的)'의 일본어 음독이 마침 테키(てき)라, 일본은 접미사 '-ic, -tic'이 지닌 의미 '~의, ~한, ~스런' 표현하는 말로 한자 '的'(적→ 테키)을 차용하였다. 그래서 판타스틱(fantastic)은 환상的, 로맨틱(romantic)은 통째로 낭만적(浪漫的, 일본 발음 로만테키)으로 번역하자, 살짝 장난스럽던 조어가 번듯한 모양을 갖췄다.

그러나 '~적'을 이렇게 '무언가는 아니지만 그것에 준하는' 의미로 사용하자, 的(적)의 본래 의미가 훼손되었다. '~스럽다, ~같은' 표현은 조금 완곡하고 애매하다. '부정적'은 부정은 아니나 그 비슷하다는 말, '천재적'도 천재라는 건지 아닌지 알쏭달쏭하다. 그렇다고 이 말을 풀어 '부정스럽다, 천재스럽다'고 해도 될까 하면 그렇지도 못하다. '결사적 반대'는 정말 죽지는 않고, 다만 그 정도로 반대한다는 뜻이다. 생각하기에 따라서는 뜨뜻미지근한 말장난처럼 읽힌다.

101년 전 기미독립선언서는 민족의 자존감 드높인 명문장이다. 그런데 여기에 일본제 번역어들이 수두룩하고, 예의 '的'자도 무려 열일곱 차례나 등장한다. 게다가 그중 여섯 번은 '민족'에 붙여 써서 더욱 씁쓸하다. 오늘날 일제 잔재 청산이란 말을 진중한 실천 없이 너무 쉽게 소비하는 건 아닐까. '~적' 대신 '~스러운, ~다운' 또는 '~[으]로, ~의, ~에서'로 고쳐 쓰거나, 아예 빼버리려는 노력이 아쉽다. '적'자를 없애면 의미와 의지는 외려 더욱 지적(指的)하고 적지(的知)해진다. 안 쓰면 그만인 것이, 115년 전 조선 땅에 없던 표현이다. (2020.02.22.)

스마트한 백일장 어디 없나요

화사한 봄날 벗나무 밑에 앉아, 혹은 울긋불긋 단풍 아래서 원고지 채우고 그림 그리던 학창시절이 그립다. 지금과 달리 진학 목적의 스펙쌓기에서 자유로웠으므로, 상을 받으면 좋지만 그렇지 못해서 속상했던 기억은 없다. 글짓기는 오롯이 감성의 축적이나 품성의 함양이었다. 필자 어렸을 때는 학교마다 문예반이나 독서반 활동이 왕성했고, 여학생들과의 문학모임도 즐거움이었다. 그런데 근래에는 문예반이 없는 학교가 많다고 한다. 문예창작이나 독서반이 없을뿐더러, 백일장도 크게 줄었다. 대신 논술대회가 생기기는 하였으나, 백일장과 달리 입시 교육의 연장에 가깝다.

백일장(白日場)은 우리나라만의 독특한 말이다. 사전에서는 이 말을 글짓기를 장려하기 위해 실시하는 대회라 풀고, 조선시대에 학업 장려를 위해 실시한 글짓기 시험이라 부연하였다. 백일(白日) 곧 '대낮'이라 표현한 이유에 대해 누리꾼 의견 분분하다. 실력을 백일하에 드러낸다는 의미라고도, 뜻 맞는 사람들끼리 달밤에 시재를 겨룬 망월장(望月場)에 견준 것이라고도 한다. 그러나 '어처구니'가 맷돌 손잡이라거나 궁궐 지붕 잡상이라는 설명처럼, 백일장과 망월장 유래도 그 근거가 약하다.

백일장 유래는 씁쓸하다. 조선왕조실록 태종 14년(1414)조에 처음 등장하는데, 과거시험 답안지 제출을 유시 초(오후 5시 반 이전)로 한정하면서 비롯하였다고 적었다. 시험이 낮에 끝나 백일장인데, 3년 후 기록에 그 이유가 나온다. 변계량이 시험장에 촛불 밝힌 야간시험 금지를 청하자, 태종이 잘 짓는 글은 대체로 더딘데 그렇게 하면 좋은 인재를 잃지 않겠나 묻는다. 그러자 밤에 폐단이 많고, 지난해 친람하셨을 때도 범법이 있었다고 아뢴다. 백일장 제도는 컴컴한 밤 난무한 부정행위가 원인이었다.

지금도 백일장 진행은 600년 전과 다르지 않다. 특별 인쇄한 원고지를 주고, 한곳에 모여 짧은 시간에 끝낸다. 시제는 즉석 발표이며 참고서적 지참은 물론 금지다. 그러나 정작 달라진 건 응시생이다. 과거 사서삼경 등 수험서를 통채로 암기하다시피 한 데 반해 지금은 암기력이 확 떨어졌다. 필자도 불과 10

여 년 전 수백 개 전화번호를 외우고 악보 없이 수십 곡을 불렀지만, 지금은 아내 전화번호가 헷갈리는 지경이다. 현대인의 이러한 기억력 감퇴는 물론 문명의 이기가 그 필요성을 없앤 탓이다. 전화번호는 휴대폰에 들었고, 노래 가사는 반주기에 쌓였다.

암기력보다 창의력이 긴요한 4차산업혁명 시대이니만큼 기억은 앞으로도 시나브로 떨어질 터이다. 그러나 백일장에서만큼은 암기력이 여전히 중요한 요소 중 하나이다. 그러니 백일장에서 뛰어난 문재를 발굴하려면 시대 변화에 따른 배려가 따라야겠다. 글에는 정확한 남의 주장도 필요하고, 신뢰도는 수치 인용으로 상승한다. 자료 검색과 인용은 표절도 아니다. 글이 감성 표출과 두루뭉수리에 그치지 않으려면 자료 찾고 확인도 거침이 옳다. 컴퓨터로는 유려한 편집과 교열이 가능하다. 노트북이나 휴대폰 사용과 작품의 전자파일 제출을 허용하면 어떨까, 종이 원고지는 작가들도 쓰지 않는다.

백일장 장원을 행운처럼 생각하는 이 많은 것은 평가에 대한 회의이다. 심사에 참여한 지인에게 들으니 수백 편 중에 장원을 가려내기 어렵겠다. 작품은 고만고만하고 독특한 서체들은 가독성을 떨군다. 그렇다고 글씨체나 철자법까지 평가에 작용하면 되겠는가. 요즘 학생들은 입시에 매여 글쓰기 경험이 많이 줄어들었다. 돌아보면 필자는 학창시절 글쓰기로 상처와 불만을 덜어낸 것 같다. 글쓰기에서 제약을 풀어 학생들이 자유롭게 자기를 드러낼 수 있다면 좋겠다. 수백년 역사의 전통에 전자적 편리를 더하면, 백일장이 다시 흥하지 않을까.

(2019.06.14.)

성서의 상아탑, 오늘날 우골탑

금자탑은 뿔, 특히 사각뿔 형태로 층층이 쌓아 올려 끝이 뾰족한 첨탑을 가리키는 말인데, 중국에서 피라미드의 번역어로 만들었다. 이집트 왕들의 무덤을 옆에서 보면 외형이 삼각형 지붕의 '金(금)'자처럼 생겨서 이와 같이 이름지었다. 그러나 이 번역어 '금자탑'을 다시 영어로 번역할 때는 피라미드 아닌 '엄청난 일' 내지 '획기적 성취'가 된다. 본래 유래는 잊혀지고, 피라미드의 누천년 세월 불후와 불멸 이미지만 남은 것이다. 각설하고, 사람의 금자탑 쌓기는 아무래도 상아탑 오르기로 시작해야겠다.

구약성서 '아가(雅歌)'는 솔로몬과 연인 술람미의 사랑노래라 한다. 솔로몬은 그녀의 아름다움에 대해 "그대 목은 상아 망대 (ivory tower) 같다."고 찬탄하였다. 아이보리는 원래 색깔이 아닌 코끼리 어금니 상아, 나아가 상아로 된 물건이다. 아이보리는 따듯하고 부드러운 색감과 높은 보존성 때문에 예부터 예술, 종교, 상업적으로 귀하고 비싼 소재로 대접받았다. 아가서의 이 상아망대 곧 상아탑이 널리 퍼지기는 1837년 시인이자 평론가 생트뵈브의 시에서이다.『상아탑에 있는 것처럼 더 비밀스러운 비니는, 정오 전에 돌아온다.』라 하였는데, 당시 낭만파 시인 비니의 문학적 태도를 비판한 것이라 한다. 그렇게 일상의 관심사와 분리된 지적 추구 경향을 이르던 말 상아탑이, 근래는 거의 학계나 대학의 지칭으로만 쓰이는 것 같다.

1960~70년대 국내에서는 상아탑을 우골탑(牛骨塔)이라고도

하였다. 1호 재산인 소를 팔아 학비 대는 교육열, 또 그래서 다니기 어렵던 대학을 한숨 섞어 일컫은 말이다. 부모와 동생들 배곯으며 꼴 베다 소를 먹이고 잔반 날라 돼지도 먹였다. 가족들 등골 빼먹는 소, 팔려간 소 살 발라 뼈로 쌓은 탑이 우골탑이다. 그런데 요즘은 대학 졸업까지 소 대여섯 마리는 치일 것 같다. 올해 전국 4년제 사립대학 한 해 등록금이 735만 정도이다. 그러나 한편 이 대학 등록금은 또 2009년 이후 15년간 동결돼 왔다. 견디다 못한 대학 상당수가 내년에는 인상에 나설 것으로 예상된다.

대학이 낭만과 은둔의 상아탑이던 19세기 유럽에서는, 넉넉한 중산층이나 그들이 후원한 극소수만 대학에 갔을 터다. 경제적 부담은 없고 취직에 대한 관심도 작았을 터다. 그렇다면 캠퍼스에 틀어박혀 진리와 학문 탐구에만 매달려도 충분하다. 그래서 상아탑이란 표현에는 지성과 낭만, 탐구와 토론 같은 긍정성이 담겼다. 그러나 이러한 행태는 오늘날 더러 현실 도외시로 비칠 수도 있겠다. 비싼 수업료와 심각한 취업난 속에서 대학이나 교수의 제자 취업에 대한 무관심은 온당하지 않다. 어떤 사업가가 "신입사원 뽑으면 재교육부터 해야 한다." 말했다가 뭇매를 맞았다. 한 유명 교수가 "대학이 왜 당신들 회사에 맞는 교육까지 시켜야 하나. 그러면 등록금을 대신 내

든지."하며 단박에 차버렸다.

　무한경쟁시대에 수요자인 기업체의 인적자원 조달 조건을 무시하고, 공급자 대학 내지 교수가 제 배움만을 두루뭉수리 개론처럼 가르쳐서야 취업이 쉽겠나. 수요자가 원하는 스펙 갖춰줘야 팔릴까 말까, 구시대의 지성과 낭만 상아탑에 안주해 현실과 소통하지 않으면 곤란하다. 물론 연구와 강의, 산학협력처럼 각기 전담 분야가 있다. 학문도 인문과 사회와 기술이 서로 다르다. 그러니 교수가 취업만을 염두에 둘 수는 없다. 그래도 사회 진출을 염두에 두고 필요한 경쟁력 갖춰주는 배려와 노력은, 오늘날 여러 교육목적 중에서 가급적 앞에 둬야 할 덕목이다. (2024.04.06.)

구독경제와 정기구매경제

한국ABC협회는 매년 신문·잡지 등 정기간행물의 발행부수와 유료부수를 조사 공시한다. 기업은 이 자료를 회사의 광고 매체 선정과 홍보비 산정에 참고한다. 유료부수란 독자가 돈을 내는 부수이다. 이와 비슷한 의미로 구독부수라는 말도 쓰는데, 이는 독자가 사서(購) 읽는(讀) 부수를 말한다. 신문을 사는 방식에는 두 가지가 있다. 하나는 읽고 싶을 때 길거리 판매대에 가서 사는 것이고, 다른 하나는 매일 정기적으로 집이나 직장에 배달시켜서 읽는 것이다.

'구독하다'를 뜻하는 영어 서브스크라이브(subscribe)에는 이 밖에 익명으로 기부하다, 응모하다, 정액요금제 또는 적립식펀드에 가입하다 등의 의미가 있다. 찬찬히 생각하면 이 영어 단어는 '사다·읽다'보다 '정기·정액·적립' 같은 데 무게를 둔 말 같다. 구독의 번역어 서브스크립션(subscription)은 돈이나 읽기 같은 목적보다 '대놓고·지속적으로'라는 데 악센트를 두지 않았나 싶다. 신문을 사서 보되, 가판대에 가지 않고 정기적으로 배달시키는 구매 형태나 전달 방식의 표현인 듯하다. 그러면 이 영어는 '구독' 중에서도 특히 '정기구독'이다.

지난 주말 수도권을 중심으로 코로나-19 대응의 사회적 거리두기가 2단계로 격상되어 큰 걱정이다. 장장 54일의 최장기 장마는 이제 겨우 끝났다. 이런 연유까지 더해져 근래 사람들의 사회생활과 소비방식에 커다란 변화가 일어났다. 간편화의 추구에 더해 외출과 접촉 자제가 겹치면서, 물품과 용역의 구매 패턴이 빠르게 변한 것이다. 잘 갖춰진 한국의 배송시스템은 인터넷주문의 폭발적 증가와 맞물려 그야말로 총알배송이 되었다. 거의 전 부문에서 온라인 매출이 급성장하고 있다.

어느 백화점은 매장에서 판매하는 반찬을 매주 한 차례씩 정기적으로 가정에 배달해 주는 '반찬 정기배송 서비스'를 제공하는데, 가격은 오히려 매장보다 저렴하다고 한다. 고객은 매주 다른 반찬을 맛보는 데다, 가격은 싸고 구매도 편리하다. 또 어느 제과점 체인은 정상가격의 60~80% 수준 월정액으로 커피, 식빵 등을 공급한다. 고객이 출퇴근할 때에 매장에 들러 물건을 찾아가는 방식이다.

근래 새롭게 뜨는 이러한 구매·판매 방식인 '서브스크립션 이코노미'(Subscription Economy)를 국내에서는 '구독경제'라고 번역 사용한다. 신문처럼 매달 정액의 요금을 내고 필요한 물건이나 서비스를 제공받는 경제활동 방식이라서 그렇게 이름 붙였나 보다. 기존의 전통적 구독경제라 할 우유나 요구르트, 신문뿐 아니라 영화, 게임, 커피, 베이커리, 생수 등 거의 모든 재화와 용역을 매달 일정액에 정기 배송하거나 고객이 가서 인수한다. 명품의류나 자동차 같은 고가 상품으로까지 구독경제는 계속 진화 중이다. 이 구독경제 방식으로 기업은 일정한 수요를 안 정적으로 확보할 수 있고, 소비자도 싼 가격으로 간편히 구매 할 수 있어 양쪽 모두 만족스러워한다.

그런데 이 '구독경제'라는 표현이 마뜩잖다. 구독(購讀)은 사 서 읽는다는 뜻이다. 커피를 구독한다? 세탁을 구독한다? 책 이나 신문 그리고 그것들의 전자화된 콘텐츠 이외에 눈으로 읽 을 것이 또 있던가. 생각이 얕고 전문가도 아니어서 '구독경제' 라는 표현을 대체할 우리말이 쉽게 떠오르지는 않는다. 그러나 대충 생각해도 정액과 정기 구매의 뜻을 담아 정구경제나 정기 구매경제, 일정한 요금 지불 방식을 반영하여 요금경제나 정기 요금경제 같은 표현을 쓸 수도 있겠다. 함께 고민하면 좋겠다.

(2020.08.21.)

휘적휘적 걷기, 산책(散策)

일상의 피로를 씻어내거나 복잡한 머릿속 정리하는 산책이 현대인에게는 퍽 친숙하다. 맑은 공기 마시며 천천히 걷는 이 걸음은 평화로운 휴식이다. 그러나 이 간편한 여유로움의 이면에는, 고대 지식인층 일부의 생존과 탐닉의 역사가 숨겨져 있다. 산책과 같은 낱말 '산보(散步)'의 기원은 중국 후한 말부터 위진남북조 시대까지 풍미했던 오석산이라는 마약에 가 닿는다.

당시 지식인들은 불로장생을 꿈꾸며 수은과 비소 등이 포함된 이 독성 강한 가루약을 복용하였다. 약을 먹으면 몸에 열이 오르고 피부가 예민해져 견디기 어려웠으므로, 이들은 찬물에만 밥을 먹고 피부 덜 스치는 헐렁한 옷을 걸쳤다. 그러고는 약 기운 발산(發散)하려 하릴없이 이리저리 쏘다녔다. 이것이 낱말 '산보'의 어원으로 추정된다. 재미있기는, 지식인과 부유층이 견딜 수 없어 입던 헐렁한 입성과 걷기가 그만 상류층이 취미

인 줄 알고 대중도 따라 하였다는 점이다. 낱말 '산책(散策)'도 이러한 맥락에 엮여 있다.

한자 '책(策)'에는 '지팡이'라는 뜻이 있다. 약에 취해 비틀거리며 걷자니, 자연 지팡이에 의지해야 했으리라. 결국 고대의 산책이란 몽롱한 환각 상태에서 벗어나 현실 세계로 복귀하기 위해 지팡이(策) 짚고 나선 이들의, 이리 지척 저리 비틀(散)하는 걸음이었다. 알고 보니 산보와 산책의 어원이 뜻밖에 실망스럽다. 그러나 사람들은 오랜 세월 거치며 이들 낱말에서 독성을 걷어내고, 대신 사유와 휴식을 채워 넣었다. 오늘날의 산책이 되었다.

단순히 약효 발산하는 산발(散發)의 과정을 넘어, 산책은 이제 소요와 자재라는 철학적 가치에 닿는다. 주말이면 가끔 경원선 열차에 몸을 싣고 소요산에 오른다. 이 산에 오르려면 자재암을 지나야 한다. 산 이름 '소요(逍遙)'는 정처 없는 자유로움을, 암자이름 '자재(自在)'는 속박과 막힘이 없는 마음 상태이다. 도교의 비움(虛)인 소요와 불교의 공(空)인 자재는 그 의미가 어슷비슷하다. 산책은 내면의 번뇌와 상념 털어버리고

마음의 평안을 찾는 과정이다. 물리적 공간의 이동을 넘어, 마음이 가는 대로 몸 맡기는 '자재로운 노닒'이 오늘날의 산책 그 의미에 닿아있다.

현대인은 오석산의 독 기운과 무관하게 산책을 즐긴다. 하지만 오늘 아침 나섰던 산책이 진정한 휴식이었는지, 아니면 끝끝내 털어내지 못한 집착과 또다른 대응의 스트레스 쌓는 시간과 몸짓이었는지를 되물어볼 필요는 있겠다. 다른 상념이 담겼다면, 이는 다만 건강을 위한 몸짓이었을 뿐, 진정한 휴식이 아니다.

산책은 목적지를 정해 곧게 걷는 걸음이 아니다. 갈지자로 휘적휘적 걷더라도 마음의 소란을 잠재우고 자신만의 속도를 찾는 과정이다. 비척거리던 환각의 걸음은 이제 건강한 사색의 발걸음으로 진화했다. 과거의 산보가 생존을 위한 '발산'이었다면, 지금의 산책은 영혼을 채우는 '수렴'의 시간이다.

만물 방창하게 열리는 봄날이다. 오늘 하루, 아무것도 담지 않은 빈 마음으로 발길 닿는 대로 휘적휘적 걷는 '무질서한 자유' 누려보길 바란다. 맑은 정신으로 잠시 걷는 발걸음이, 그 어떤 고대의 비약보다 인생을 더욱 건강하고 유쾌하게 만들어줄 터이다. (2026.03.19.)

'Step'을 '보'라 하는 만보계

신주가 없는 집에서 제사 때 임시로 모시는 신위를 '지방(紙榜)'이라 한다. '홍재전서'는 지방의 크기를 "넓이 세 치, 높이 한 자 두 치"라 하였다. 이를 미터법으로 환산하면 얼마일까? 흔히 '한 자'를 30.3cm로 계산하니 가로 9.1cm, 세로 36.3cm일 것이라 짐작하기 쉽다. 하지만 네이버 지식백과는 가로 6cm 세로 22cm로 설명하며, 필자의 계산 역시 가로 6.24cm 세로 25cm 정도로 나온다. 왜 이런 차이가 발생하는 것일까. 비밀은 조선의 도량형 체계에 있다.

조선은 쓰임에 따라 여섯 종류의 자(尺)를 혼용했다. 그중 거리, 분묘, 신주 등을 재는 데는 '주척'을 썼다. 세종 때의 기록을 감안하여 조선시대 자(尺)를 미터법으로 환산하면, 주척 1자는 20.795cm이다. 이로써 조선시대 거리 단위의 1리가 449m임도 알 수 있다. 퍽 중요한 기준이다. 지금 우리가 흔히 쓰는

‘1자=30.3cm’는 한일강제병합 직전 일본에서 유입된 곡척이다. 이 자로 잰 넓이 단위인 ‘평’ 역시 일제강점기의 유물이다.

조선왕조실록 태종 15년(1415년) 12월 14일에 의미 깊은 대목이 있다. “주척 6척으로 1보(步)를 삼고, 매 360보로 1리(里)를 삼아 잰다”는 기록이다. 이 문장 안에 거리를 재는 기준인 자, 보, 리의 상관성이 모두 담겨 있다. 이번에는 ‘보(步)’에 대한 정의를 보자. 고려대 한국어대사전은 걸음이나 보를 “두 발을 번갈아 옮겨 놓는 동작”이라 하였다. 중요한 점은 ‘걸음’과 ‘보폭’이 다르다는 사실이다. ‘보폭’은 걸을 때 앞발 뒤축에서 뒷발 뒤축까지의 간격이다. 반면 ‘걸음’이나 ‘보’는 사전에서처럼 왼발과 오른발이 모두 한 번씩 움직인 거리이다. 즉, ‘두 개의 보폭이 모여 한 개의 걸음’이 된다.

필자는 근래 황당한 사실을 알았다. 필자가 운영하는 지역사 공부 모임 ‘걸음마(걸으면서 음미하는 마을 이야기)’는 동네 산야를 걸으며 역사를 탐구한다. 지난 모임에서 약 9.2km를 걸은 뒤, 동행한 분들의 스마트폰 만보계 앱 수치를 확인했다. 한 여성은 1만 4천375보, 남성은 1만 2천780보가 기록되어 있었다. 이로써 한 걸음(보)의 길이를 뽑으니 여성 64cm, 남성 72cm라는 결과가 나왔다.

태종 시절의 계산식을 소환하자. 주척 6자인 '1보'는 124.77cm다. 지금 성인이 두 발 번갈아 한 번씩 내디디면 120~140cm 정도 움직이니, 조선의 기준은 현대인의 실제 '걸음(보)'과 일치한다. 그렇다면 왜 만보계 앱은 그 절반인 60~70cm를 1보로 표시하였을까. 결론은 간단하다. 시중의 만보계 앱들이 모두 보폭, 즉 '반 보(半步)'를 '한 보'로 잘못 계산했기 때문이다. 앱 개발사들이 영어 스텝(step. 발 움직임)을 조선의 보(步)로 오해하는 등 서구 기준을 비판 없이 수용한 결과로 짐작된다.

시대에 따라 낱말의 의미가 변하기는 하나, '보'나 '걸음'의 정의는 여전히 사전 속에 살아 있다. 잘못된 단위 사용은 거리 감각의 혼란을 부르고, 우리 도량형의 전통적 이해도 방해한다. 국립국어원이나 기술 표준 관련 부처에서 만보계 앱의 오류를 바로잡아 주길 바란다. 이는 단순히 숫자를 고치는 일이 아니라, 우리 언어의 정확성을 회복하고 조상들이 정교하게 설계한 도량형의 가치도 되찾는 일이다. 보폭 두 개가 모여 비로소 온전한 한 걸음이 된다는 지극히 당연한 사실을, 재삼 인식해야 할 때다. (2025.12.23.)

사라진 활판과 변신한 활자

활자(活字)는 본래 사각기둥 모양의 금속면에 문자나 기호를 볼록하게 새긴 물건이다. 조선왕조실록(1596)에도 등장하는 이 오래된 낱말은 말 그대로 살아있는(活) 글꼴(字)이다. 생명을 지녔다는 뜻이며, 목숨의 판단은 그 금속 쪼가리가 한 활판(活版)을 벗어나 다른 활판에 심겨 재활용 되는지에 달렸다. 활판은 활자를 골라 채운 판때기이다. 이 활자의 반대말은 각자(새긴 글)이다. 재질이 나무·도기·금속 중 무엇이든, 판때기 곧 판목에 조각한 글자는 '각자'이다. 석가탑에서 나온 '무구정광 대다라니경'은 각자한 판목으로 찍었고, 고려시대(1377) '백운화상초록 불조직지심체요절'은 활판으로 박았다.

'활자'는 되풀이 사용에 의미가 있다. 인쇄하려 활자 골라 판 짜고, 작업 끝나면 해체하여 다른 인쇄물 찍을 때 다시 조합해서 쓴다. 그러므로 수십 수백 글자를 한몫에 새기는 판각과 낱낱의 활자를 짜 맞춘 활판 사이에는, 발상과 효용에서 큰 차가 있다. 각자(판목)로는 불경 하나만 찍지만, 활자(활판)로는 논어와 금병매를 모두 찍을 수 있으니까. 팔만대장경판이 대단하다 함은, 전쟁 중 16년간 8만 1258개 판목 양면에 자그마치 5천만 자 이상을 판각하였다는 규모와 정성의 평가이다. 인쇄 기술 측면에서는 판목이라 가치가 다소 떨어진다. 그러나 옛날 고렷적(1234년)에 이미 구리활자로도 '고금상정예문'을 발간하였으니 참으로 대단하다. 그것을 211년 후에야 독일에서 구현한다.

구텐베르크를 크게 평가하는 이유는 다만, 그가 활자 모형(matrix)과 주형(mould)을 적용하였고, 납활자를 만들어 인쇄기로 찍었기 때문이다. 구텐베르크보다 조금 앞선 시기에 조선에서도 병진자(1436년)라는 납활자를 만들기는 해서, 이것으로 '자치통감 각목훈의'(1438)를 간행하였다. 그러나 납활자는 다시 등장하지 않는다. 고려시대에 활판(활자) 아닌 판목(판각)이 대세였던 점과, 재료가 납 아닌 청동과

황동이었다는 점은 아쉽다. 주형으로 만들기 쉽고 재료비도 헐한 납을 채용하지 못하였다. 판 하나에 책 한 종의 인쇄술 아닌, 판을 짰다 풀었다 다시 짜 다양하게 찍어내는 '활판' 기술의 부진은 옥에 티다.

조선뿐 아니라 동양에서 중국·일본의 활판 부진은 사실 문자 구조가 주요 원인이다. 지나치게 많은 한자 글자 수 때문이다. 서양은 스물여섯 알파벳 대소문자 해 봐야 52 자인데, 한자는 5만 자가 넘는다. 자주 쓰는 5천 개 정도만 갖추려 해도 한숨이 나온다. 어렵게 활자 만들어도 그 고단한 문선과 채자에 허덕거릴 판이다. 들어갈 품 생각하면 깔끔한 판각이 나았을 수도 있겠다.

오늘날 '활자'는 새로운 의미로 변신하였다. 오리지널 활자가 의미를 잃었음에도 불구하고 '활자'라는 말은 꾸준한 생명력으로 살아 유통된다. 이제는 '재사용 가능한 글꼴'이 아니라, '생명력 지닌 글(문장)'처럼 쓰인다. 이 새로운 의미의 '활자'는 종이 인쇄물 갈피에서 걸어 나와, 온라인 공간에서 동에 번쩍 서에 번쩍 세상을 종횡한다. '활자중독'이란 말은 글자 중독의 다른 표현이다. '중독'의 부정적 의미에도 불구하고, 이 말에는 우리가 지향해야 할 문화 곧 인문화(humanizing)라는 뜻이 담긴 것 같다. 온갖 글 넘쳐나는 활자 전성시대에 우리는 활자를 어떻게 소비해야 할까? 답은 '살 활'(活)에 있다. 이제는 너무 많은 글이 떠돈다. 의미 없는 죽은 글로 활자 낭비하지 말고, 생명력 지닌 글과 문화적 글쓰기를 고민하자. (2020.04.02.)

제야, 까치설날과 설날 사이

밀물과 썰물을 조수라 하고, 이 조수의 간만 차가 가장 작은 때인 음력 8일과 23일을 '조금'이라 한다. 또 그 하루 전 7일과 22일을 호남에서는 아츠조금, 북한에서는 아치조금이라 하고, 경기지방에서는 까치조금이라 하였다. 두시언해 등 옛 서적에 '아찬'(찬의 'ㅏ'는 아래 아)이라는 말 있어서 아찬아달은 조카, 아찬딸은 조카딸을 가리켰다. 그러면 아찬아달의 정확한 의미는 조카아들 곧 남자 조카겠다. '아찬'은 작음 또는 버금이다. 그래

낱말	용례
아찬	어딘 아찬아드리 지죄 준무(俊茂)ᄒ니 원문 : 令姪才俊茂　　　(두시-초 22:38) → 어진 조카(아들)의 재주가 준무하니 아찬아둘둘히 섬 아래 버러 셔더니 원문 : 姪羅列階下　　　(번소 9:75) → 조카들이 섬돌 아래 나란히 섰는데 아찬쏠 빅비 나히 아홉이러니 원문 : 姪女白飛九　　　(동신 효2:69) → 조카딸 백비의 나이가 아홉이더니 歲暮(세모) 아찬설 除夜(제야) 아찬설밤 守歲(수세) 아찬설 밤 쇠오다
아츠 · 아치	아츠조(潮)금 : 음력 7일·22일 조금 　　　　　서남부 지방에서 사용 아치조(潮)금 : '아츠조금'의 북한어 　　　　　(네이버 국어사전)
까치	까치조금 : 음력 7일·22일 밀물과 썰물 　경기지방에서 사용 (고려대 국어사전) 까치설날 : 한 해의 마지막 날 　'아치'가 와전된 것으로 추정

'아찬·아츠·아치 → 까치'의 변화 추정
아찬·아츠·아치 : 작은(小·少), 버금(亞)

서 세모를 '아찬설', 제야(除夜)를 '아찬설 밤', 수세(守歲)를 '아찬설 쇠오다'로 표현하였다. 작은설이라 하는 섣달그믐(음력 12월 마지막 날) 까치설날이나, 까치조금의 '까치'를 학자들은 대체로 '아치' 내지 '아찬'의 와전으로 추정한다. 어쩐지 섣달그믐과 날짐승 까치의 조합은 생뚱맞다.

환갑 지나니 머리털 빠지면서 이마와 정수리가 반짝거린다. 그러나 중년들은 아직 탈모보다 새치나 흰머리가 더 걱정일 것 같다. 중년의 섣달그믐은 없는 살림에 설 쇨 걱정과, 늘어만 가는 허옇게 센 머리칼로 하여 긴긴 밤이 샌다. 필자가 부러 '세다'와 '쇠다'와 '새다'라는 말을 늘어놓았다. 머리칼의 빛바램 '세다'와, 명절의 과세(過歲) '쇠다'와, 뜬눈으로 아침 맞는 '새다'가 서로 무관하지 않은 것 같아서이다. 모두들 오롯이 긴 밤 지새워 맞이한 부옇게 밝은 동녘의 느낌이다. 그런데 왜 한 해의 마지막 밤을 제야(除夜)라 하는지는 명확한 기록을 찾을 수 없다. 중국 송나라 때 서현이란 분의 한시 '제야(除夜)'는『옛 것을 보내고 새 것을 맞음에 어긋남이 없다(送故迎新了 不欺)』며 송구영신을 읊었지만, 섣달그믐이 왜 제야(除夜)인지는 설명하지 않았다.

풀 것도 없이 한자 '除夜(제야)'는 밤을 제거함이다. 그래서 비슷한 의미로 제석(除夕 저녁을 없앰)이라고도 하며, 그렇게 하려면 집안 곳곳에 불 환히 켜 놓고 잠 쫓으며 가는 해(歲)를 지켜야(守) 하므로 달리 수세(守歲)라고도 한다. 이는 악귀를 쫓는 벽사 의식으로, 필자 어릴 때만 해도 온 나라의 무척 자연스러운 새해맞이 풍습이었다. 아이들 졸려 꾸벅거리자 "잠들면 눈썹이 희게 센다."고 을러 잠도 못 자게 하였다. 불 넣은 깡통 돌리고 화톳불도 놓고 폭죽도 올리며 밤새 놀았다. 모두가 어둠(夜)을 몰아냄(除)이다. 오늘날 '쇠다'라는 말이 명절, 생일, 기념일 같은 날을 맞아 지내는 것으로 그 의미가 확장되었지만, 본래는 이처럼 섣달그믐 밤새는 행위, 시쳇말로 날밤 깐다는 의미였을 터이다. 그래서 '새다'와 '쇠다'는 본래 같은 말이었으리라 추측하는 것이다.

12월 31일 밤 '제야의 타종'은 서른세 번 친다. 조선시대 매일 새벽 사대문 열며 치던 파루가 연원이리라. 불교에서 제석천이 다스린다는 33천(天)에 새 날 열렸음을 고하는 의식이니, 제야의 종소리는 나쁜 것을 물리치는 벽사이다. 예전의 '밤 걷어내기' 곧 제야는 설날과 까치설날 사이 음력 12월 31일 밤 행사였다. 양력 12월 31일과 음력 섣달그믐을 함께 놓고 생각하자. 벽사의 놀이가 고유 의례와 풍습임을 감안하면, 제야는 역시 양력보다 음력으로 치름이 옳겠다. 제야는 명백히 '아찬설 밤' 일이었다. 양력 정초는 시무식 등 공식 행사로 모두들 분주한 때다. 그러니 종각 타종을 비롯한 제야 행사를 까치설날부터 며칠 질끈 놀 수 있는 설날 연휴로 옮기면, 다들 느긋하게 즐길 수 있겠다. 까치설날과 제야와 설날을 나란히 꿰어놓았으면 싶다. (2023.01.05.)

차지, 권리보다 책임

국어사전은 '점(占)하다'를 두 가지로 풀이한다. 첫째는 '점을 보아 앞일을 내다보고 판단하다'의 뜻이며, 둘째는 '일정한 공간이나 영역 등을 차지하다'라는 의미다. 첫 번째 풀이를 감안하면 '점치다'라는 통상적 표현은 복채를 내는 손님의 행위라기보다 점술가의 판단에 방점이 찍힌 느낌이다. 그렇다면 '점하다'와 '점치다'는 별개의 말일까? 필자의 관심은 두 번째 풀이에 있다. 이는 '점령'이나 '점유'와 일맥상통한다. 우리가 이 말을 공간, 사물, 생각에 대해 두루 쓰지만, 사전적 정의를 곱씹어보면 본래 의미는 공간적 개념에 한정된 듯하다.

함께 살펴볼 말이 두 번째 풀이에 쓰인 '차지하다'이다. 사전에서 '공간이나 영역 따위를'이란 수식을 빼면 '점하다=차지하다'의 등식이 성립한다. 필자는 스물아홉에 아내와 결혼했다. 호기롭게 "똑똑하고 아름다운 여인을 차지했다" 하다면 독자는 이를 어떻게 받아들이실까. 사전은 '차지'를 '사물, 공간, 지위 따위를 자기 몫으로 가짐'이라 풀이한다. 배타적 소유나 권리의 뉘앙스가 다분하다. 앞의 문장을 다시 보자. 다소 어폐는 있으나, 결혼을 통해 아내에 대한 일정한 배타적 지위를 갖게된 것은 사실이다. 그러나 그와 동시에 그녀의 미래에 대한 무한한 책임도 함께 짊어졌다. 결혼이란 서로에 대한 독점적 지위인 동시에 엄중한 책임이다.

한편, 국어사전은 한자어 '次知(차지)'를 별도로 설명한다. ① 궁방의 일을 맡아보던 사람 ② 벼슬아치 집안일을 맡던 사람 ③ 상전 대신 형벌을 받던 하인이나 대가를 받고 매를 대신 맞던 사람이라고 풀이한다. 기록상 순우리말 '차지'는 훈민정음 창제 이후에 나타나지만, 한자어 '次知'는 고려시대 기록에도 존재한다. 또 중국이나 일본의 사전에서는 보이지 않는 것으로 보아, 이두(吏讀)식으로 표기된 우리 고유의 표현으로 판단된다. 태안 앞바다에 침몰한 12세기 고려 화물선을 2010년대에 인양하는데, 목간에 '次知○○'라는 표현이 여러 차례 등장한다. 그런데 이들 기록에서의 '차지'는, 문맥상 물품의 발송자나 그 업무 담당자를 의미하였다.

조선왕조실록에도 한자 '차지'는 593회나 등장한다. 1414년

(태종 14) 기록에 처음 보이는 이 말은, 실록에서 대개 '주인 대신 형벌을 받는 자'를 뜻하였다. 조선시대에 들어와 의미의 결이 사뭇 달라졌음을 알 수 있다. 승정원일기나 일성록 등 고문헌에도 '차지'는 빈번히 나타난다. 영조 대 실록에서는 차지내관, 배설차지, 가례차지, 조과차지별감 등 매우 다양한 차지가 확인된다. 인사 사무를 맡은 인물차지, 잔치 음식 책임진 숙설차지, 상례를 보살피는 호상차지도 있다. 그리고 이들 차지 중의 우두머리를 '대차지(大次知)'라고 불렀다. 모든 차지들을 통솔(都)하니까, 오늘날 표현으로 치면 '도차지(都次知)'쯤이 되겠다.

살펴보았듯 조선시대 '차지' 용례를 관통하는 핵심은 권리가 아닌 '책임'이었다. 이치상 권리와 책임은 동전의 양면이나, 당시의 방점은 명확히 책임에 찍혀 있었다. 그러나 오늘날의 '차지'는 온전히 독점적 권리의 상징이 되었다. 오죽하면 혼자 다

갖는다는 '독자치(獨-次知)'라는 말까지 생겼겠는가. 세상이 각박
해진 탓인지, 정부와 기관의 여러 '차지'들이 책임은 방기한 채
오직 권한에만 집착하는 듯해 씁쓸하다. 본래 '차지'라는 말 속
에는 권리와 책임이 공존하고, 무게중심은 언제나 책임에 있었
다. 공직자들이 꼭 되새겨야 할 대목이다. (2025.04.12.)

Part 2

메어리스트 그리스도 미싸!

[통속의 비판] 짚어 본 일상과 삶의 가치

전통은 낡고 고루한 것이 아니라, 오늘의 우리에게 여전히 유효한 답을 간직한 지혜의 보물창고입니다. 두 번째 장에서는 제사 자리의 축문 '유세차' 문구에서부터 태극기에 담긴 사상, 그리고 로맨스와 불륜의 경계에 이르기까지, 우리 곁의 통속적 풍경을 비판적 시선으로 다시 봅니다. 근대화 과정에 섞여 든 외래의 찌꺼기는 없는지 살피고, 인고의 '낙락장송'이 빚은 아름다움을 발견하며, 온전한 자존감을 세우는 방법도 고민했습니다. 낡은 것을 참고하여 새롭게 계발하는 '온고지신'을 생각했습니다. 본래의 모습으로 되돌릴 것이 보이고, 더러는 새로운 기준의 정립이 필요함도 깨닫습니다.

반일 감정과 자존감 고양

기록을 살펴보면 고려는 황제의 나라요 조선은 제후국이다. 고려 임금은 황제로서 자칭 짐이고, 조선의 왕은 스스로 과인이라 하였다. 고려가 만세를 외칠 때 조선은 천세를 올렸다. 고려는 처음부터 독자 연호를 사용하였으나 조선은 1896년에야 연호 건양을 공표하였다. 고려는 문하성·중서성, 조선에는 이조·병조 같은 부서를 두었다. 천자의 왕도 주변을 기(畿)라 하므로 황제국 고려는 개경 주변에 '경기'를 설치하였다. 현재의 경기도는 천자국 고려의 행정조직 흔적이니 자부심이 담긴 지명이다. 원의 침입 후 황제가 '충성 충'자 붙인 왕이 되었으되, 고려는 자주성과 자존심이 강한 나라였다.

이에 견주어 조선을 보자. 1897년에 이루어진 조선의 칭제건원에 대해 꽤 의미를 부여하지만, 전후 맥락을 짚으면 마음이 불편하다. 일본과 청나라가 남의 땅 조선에서 벌인 싸움이

청일전쟁이고, 패전국 청이 배상에 합의한 것이 1895년 4월 시모노세키조약이다. 이 조약에 '청은 조선이 완전한 자주독립국임을 인정한다'는 조항이 있는데, 이는 일본이 청나라 간섭을 배제하고 조선을 전적으로 도모하겠다는 포석에서 삽입한 것이다. 결국 이듬해 1896년 건양이라는 조선 최초의 연호 시행이나, 1897년 제국 대한 출범 모두는 조선의 자력에 의한 쟁취가 아니었다. 일본이 시모노세키조약에 깔아 둔 한일합병 시나리오에 따라 꼭두각시처럼 손발을 흔든 셈이다.

마뜩잖은 점은 또 있다. 한일합병 이후인 1919년 1월 고종임금이 승하하는데, 이때 신분은 대한제국 황제가 아닌 일본 천황가 '친왕 이태왕'이다. 백성들이 슬픔과 비분으로 분분히 일어날 때, 나라 앗긴 황족은 일본 준황족으로 편입돼 별 어려움 없이 살다 가셨다. 기미년 독립선언 직후에 있은 고종의 장례는 제국 대한이 아닌 일본의 국상이었다. 망국의 임금에게 올려 드린 종묘의 '고종'이라는 묘호도 일본 황실에서 내린 것이다. 그 아드님 묘호 순종도 이씨 친왕가 관리부서 이왕직를 통해 일본 궁내청이 결정해 보냈다.

이처럼 제후국 조선과 황제의 나라 고려가 크게 대비됨에도 불구하고, 오늘날 역사교과서는 고려의 위상을 현양하는 데 그

다지 충실하지 못한 듯하다. 고려에 대한 사료 대개가 중화사상에 젖은 조선시대 저작이긴 하나, 왜곡까지는 아니어도 치열히 탐구하여 최대한 고려의 자주성을 드러내 국민들의 자존감 돋울 일이겠다.

국내 언론은 지금도 일본 천황을 '일왕'으로 표기한다. 천황이라는 한자를 풀면 황제 중의 황제쯤 되니, 과거 조선의 '왕'에 비해 자존심이 상하기는 한다. 황제의 나라 중국이 1871년 이미 대청 황제와 대일본제국 천황 직함으로 동등히 수교한 점 생각하면, 한국의 자존심은 참 대단하다. 세계는 '천황'을 다만 고유명사로 판단해 호칭으로 인정한다. 이러한 일반적 수용이 거북하다면, 한자 표기 없이 일본 발음 그대로 '덴노'라 표현하면 어떨지 개인적으로 생각해 보았다. 그래도 탐탁치 않다면, 그깟 고유명사 붙잡고 속상해할 것 없이 대신 한국의 자존감을 높이는 방법을 찾는 것은 어떨까?

나라가 위난에 처한 때 황제가 독립과 부국강병을 위해 무얼 했나 하는 내적 평가와는 별개로, 대한제국에 이은 대한민국의 국민으로서 임금 고종에게 미안한 마음이 있다. 선왕의 묘호는 신하들이 논의하고 왕위 잇는 분이 낙점한다. 그런데 앞에 적었듯 고종과 순종 묘호만은 그 원수라 할 수 있는 일본 천황이 내렸으니, 이 마뜩잖은 것 던져 버리고 새로 지어 올리면 시원하겠다. 아직 당대의 사료들이 많으니, 일본인이 감수한 고종·순종 실록의 재편찬도 학계에서 검토하면 좋겠다. 조선왕조실록은 앞으로도 천년 이어가며 들춰 연구할 중요한 사료 아닌가! (2019.04.26.)

손으로 받을까 쓸어서 버릴까

'눈꽃'은 꽃이 핀 것처럼 나뭇가지 따위에 얹힌 눈을, 그 아름다움에 점수를 줘서 이르는 말이다. 가볍게 흔들리며 내리는 눈송이 아래서는 차가운 날씨도 시린 마음도 푸근해진다. 사실 눈은 내릴 때부터 태생에서 꽃이라 하겠다.

한자 '雪'(눈 설)의 자형에는 눈을 대하는 두 가지 사유가 담긴 것 같다. 어찌 사람의 생각을 이리 진솔하게 담았는지 감탄스럽다. 더욱, 그 생각이 누천년 지나 지금도 똑같다는 데에서 신기하기까지 하다. '雪'(실)은 雨(비 우)와 彐(고슴도치 머리 계)의 결합이다. 雨의 자형은 하늘에서 떨어지는 빗방울이 분명하지만, '彐'에 대한 해석은 여럿이다. 필자는 이것을 손가락이 강조된 손으로 본다.

'雪'은 하늘 향해 펼친 손(彐)으로 받을 수 있는 비(雨)이다. 펼

펄 풍성히 내리는 눈 보면 반갑고 좋아서, 어려서는 입 벌려 받아먹고 또 손 펼쳐 받으며 놀았다. 눈은 손바닥에 쌓이는 비다! 그런데 오늘날의 '雪'(설)자 이전에 쓰던 글씨체 소전에는 雨와 彐 사이에 '丰'(예쁠 봉)자 두 개가 끼어있다. (雨+彗) 그렇다면 '손 위에 쌓을 수 있는 비'가 아니라, '빗자루(丰)를 들고 쓸어야(彐) 하는 비(雨)'가 된다. 만져지는 즐거움이 아니라, 질척거리다 얼어붙기 전에 쓸어내야 할 애물이다.

　그런데 소전 글자체 위로 더 거슬러 오르면 '雪'은 또 다른 모양이었다. 갑골문과 금문의 눈(雪) 묘사는 비(雨) 밑에 배치한 것이 깃털(羽)인지 빗자루(丰)인지 명확하지 않다. 보기에 따라서 깃털처럼 날리는 비일 수도 있고, 손은 빠졌지만 빗자루 들고 쓰는 비일 수도 있겠다. 옛 사람들에게 눈은 과연 무엇이었을까. 아무튼 이제 기술 발전은 내린 눈의 불편을 엔간히 녹여버리고, 거지반 반가움만 남겨두었다.

갑골문	금문	소전	해서

눈은 소리를 먹는지라, 눈 내릴 적에 사방은 고요 너머 적막
에 이른다. 생각 같아서는 '이날이면 더 바삐 오가는' 소리 없
는 전파마저 죽여, 만사와 만물로부터 오롯이 갇혔으면 하는
바람까지 솟는다. 눈 속의 고립은 외로움이 아니라 평안이며
안온이다. 녹아내려 질척거림과 출퇴근의 곤란과 생업은 걱정
되지만, 그래도 눈에 차는 눈은 마음을 푸근하게 만든다. 눈
속에서는 또 그리움도 천리를 달려간다. 품은 감성의 몸피가
걷잡을 수 없이 부풀어 오른다.

가만히 생각하면 이것은 꼭 눈만의 특성은 아닌듯하다. 사람
을 감성의 도가니에 몰아넣기는 눈뿐 아니라 비가 그렇고 안개
도 그러하다. 호수나 강이나 바닷가에서도 역시 마음에서 솟구
치는 바는 크게 또 깊어진다. 아무래도 그것은 물의 작용이다.
먼 옛날 생명의 시원이 바다라서 그러한가. 물은 그 앞에 선 이
의 마음을 들썩이게 한다. 슬픈 이는 사무치는 아픔으로 기쁜
사람은 날아갈 듯 흥겹게, 감성의 골을 깊게 파고 생각의 마루
를 높이 밀어 올린다.

경기북부 사람인 필자에게는 겨울철 두 개의 즐거움이 있다.
포천과 화천 가르는 한북정맥을 광덕고개에서 청계산까지 걷
는다. 겨우내 쌓여 푹푹 빠지는 능선 걷자면, 탁 트인 시야에

마음이 통쾌하다. 꽁꽁 언 데다 눈까지 덮인 한탄강 위를 직탕폭포에서 고석정까지 걷자면, 잡념이 깨끗이 사라진다. 깎아지른 직벽의 고드름과 시린 강물에 씻겨 필라멘트처럼 얇아진 얼음 결정도 환상이다.

코로나-19 감염증으로 움츠리고 뛸 수가 없게 되었다. 많은 즐거움이 사라졌다. 산과 들에서는 사람 사이가 비교적 헐거우니, 야외활동에서는 조금 더 모임의 자유가 늘었으면 좋겠다.

(2021.01.15.)

봄기운 속 준동과 봉기

무협지에 가끔 등장하는 벌레 고(蠱)는 뜻을 '뱃속벌레 고'로 새긴다. 이 벌레는 사람 몸 안에 침투해 사는 기생충이다. '고'가 피부나 입을 통해 몸에 들어가면, 그 벌레를 길들인 시술자가 원하는 대로 숙주에게 고통을 주거나 마음대로 제어할 수 있다고 한다. '고혹'(蠱惑)은 아름다움이나 매력에 홀려 정신을 못 차림, 또는 그러한 매혹이다. 근래 '섹시함' 정도로 쓰는 이 말이 바로 고에 당해 어쩔 수 없이 흠뻑 빠진 상태이다. 이보다 조금 센 말은 '매혹'(魅惑)이다. 그렇지만 귀신(魅)에게 홀렸으면(惑) 정신이 나간 상태 아니겠나. 조금 거북스런 표현이다.

고혹적이거나 매혹 넘치는 미소와 자태에 사람은 넋을 잃는다. 그리하여 마음도 몸도 차츰 앗기는데, 이렇게 야금야금 표 안 나게 먹어 들어감이 '잠식'이다. '잠'(蠶)은 누에, 누에가 뽕잎을 갉아 먹는(食) 것이다. '잠실'은 서울 송파구 지명으로 유명하다. 그러나 기실 이 '누에치는 방' 잠실은 50~60년 전만 해도 시골마다 널렸었다. 어둑한 잠실 들어가면 누에가 집단으로 뽕 갉아먹는 소리 '솨~' 하고 제법 크게 들려 퍽 신기하다. 누에가 잠식하며 몇 잠 자고 나면, 번데기가 되었다 종내 나방이 된다. 이를 변태(變態)라고 한다.

통통한 몸매의 누에나 그 번데기 잠자는 집 누에고치는, 쓰임에서 이로우니 보기에도 아름답다. 그렇지만 솔나방 알에서 송충이가 나오면, 이때는 정말 소름 끼치게 싫다. 어릴 때 소나무나 미루나무 밑으로 툭툭 떨어지던 시커먼 송충이 얼마나 징그럽던가! 송충이는 송충(松蟲) 곧 소나무벌레이다. 송충이는 솔잎을 먹고 살아야 한다는 속담이 있지만, 이 벌레가 미루나무나 아까시나무에 많은 걸 보면 꼭 그렇지만도 않은 듯하다. 지난 가을 미루나무에 솔나방이 슬어 놓은 알 깨어, 뭉텅이로 애벌레 스멀스멀 꿈틀거림을 '준동'(蠢動)이라 한다. 준(蠢)은 '꾸물거릴 준'인데, 한자를 보면 벌써 봄(春) 밑에 벌레(虫)가 두 마리나 들러붙어 있다.

늦은 봄 알 깨고 나와 복작거리는 애벌레 덩어리가 더러 눈에 띈다. 그러나 이 작은 벌레들 움직임은 하찮아서, 언제 그런 일 있었나 싶게 금방 흩어져 흔적두 없다. 그러니까 준동은 잠시 잠깐의 소란일 뿐이다. 이와 달리 벌떼가 달려들면 자 칫 사람이 쇼크로 죽기도 하여 위험천만이다. '봉기'(蜂起)는 벌 (蜂)들이 날아오름(起)이다. 애벌레의 준동은 별 볼일 없지만, 벌 들의 봉기는 그 '벌떼 같은' 공격이 꽤 무섭다. 한편 이처럼 떼 거지로 움직이는 준동이나 봉기와는 달리, 혼자 떨쳐 일어남은 '발호'(跋扈)이다. 발(跋)은 '밟다', 호(扈)는 물고기 잡는 바구니 통 발이다. 통발을 놓더라도 물고기가 워낙 크면 잡히지 않고 튀 어 넘는데, 이것이 발호이다.

잔챙이는 발호할 수 없다. 실력 되고 세력도 갖추어야 가능 하다. 게다가 발호는 그 행위가 오히려 누군가 설치한 통발의 회피에서 비롯함을 사람들은 간과한다. 아무튼 이들 잠식과 준 동, 봉기와 발호는 모두 다 소란(騷亂)을 부른다. 소란의 '떠들

소’는 말(馬)에 벼룩(蚤. 벼룩 조)이 붙은 형태이다. 말은 손이 없고 발굽도 몸에 닿지 않는다. 말총은 엉덩이에 앉은 파리나 등에만 쫓을 뿐, 벼룩이 물면 다만 ‘히힝’거리며 울뿐이다. 소란은 달리 방법이 없어 하는 ‘말의 울음과 들썩임’이다. 약동하는 봄이라 바야흐로 만물 수런수런 생동한다. 우리 사회에서 일어나는 크고 작은 여러 기운들을, 옳게 한 곳으로 잘 모아서 썼으면 좋겠다. (2021.05.19.)

'유세차' 원형 복원합시다

추석이 다가왔다. 명절 제사인 차례는 간단하다. 차례(茶禮)가 '다례'로 읽힌다는 데서도 커피 한잔 올리는 간단한 의식임을 알 수 있다. 그런데 집안 따라서는 축문을 읽는 경우도 있다. 정형문이라 요식행위로 비치지만, 축문은 제사 잡숫는 분에게 후손이 올리는 말씀이다. 여쭙는 말만큼 꼭 필요한 절차와 정성이 또 있으랴. 한문 어려우면 그냥 평상어로 여쭈어도 좋겠다.

잘 쓰는 글은 육하원칙에 충실하다. 언제, 어디서, 누가, 무엇을, 어떻게, 왜? 축문도 한문을 풀면 제사 올리는 날, 제주 신분, 잡숫는 분, 왜 무엇을 차렸는지 아뢰고 "흠향하소서." 하는 말씀으로 맺는다. 당연해서 그런가, '어디서'만 빠졌다. 올해 음력 8월이라면 어느 집안이고 축문은 '유세차 계묘팔월(維歲次 癸卯八月)'로 시작한다. 유(維)는 발어사. '세차'는 어떤 해의 간지 곧 태세이므로, 이 말은 통상 "생각하옵건대 계묘년" 정도로 풀면 되겠다.

그런데 제사 올리는 날 표기는 조금 애매하다. 계묘년이 올해인지 60년 전인지 알 수 없다. 국어사전은 '유세차'에 대해 『'이 해의 차례는'을 뜻하며, 축문 첫머리에 관용적으로 쓰는 말』로 풀었다. 어떤 이는 이 말이 『시간과 삶의 순서를 이해하는 방법에 대한 중요한 통찰을 제공한다.』고도 한다. 국어사전 풀이는 반만 맞는 것 같다. 축문 써보면 알겠지만, 유세차의 '유(維)'는 축문 첫 줄에 달랑 한 글자만 떨어뜨려 적는다. 세차와 한 데 묶을 말 아니라는 뜻이다.

그래서 축문의 '유세차' 풀이는 저마다 다른 면이 있다. 유세차의 '유'와 '세차' 사이에 무엇이 탈락하였는지 여부에 따라서이다. 앞에 적었지만, 왜 제사 때를 정확한 연도 표기 없이 달랑 '60년마다 반복'되는 간지로만 적는가 하는 의문에서 그렇다. 결론부터 말하면, '유세차'의 원형은 확실히 '유+연호O년+세차'이다. 이달 추석에 축문을 쓴다고 했을 때, '유 대한민국 76년 세차'(또는 105년), 또는 '유 단기 4356년 세차'로 적어야 옳다는 말이다.

조선왕조실록 숙종 28년(1702) 9월 15일조 기사이다. 『(전략) 도감에서 아뢰기를, "상고하건대 왕비 책봉할 때에 죽책문을 올렸더니, 머리말에 온당치 못한 부분이 있다는 하교가 있었습니다. '유세차신묘(維歲次 辛卯)'로 쓰라는 뜻으로 정탈(定奪)하여 (중략) 연호를 쓰지 않은 것이 이로부터 연유된 듯합니다." 하니 (하략)』 '머리말의 온당치 못한 부분'을 당시에 원수의 나라였던 청나라 황제 연호로 보는 것이 타당하다. 병자호란은 1637년에 끝났고, 이 기사는 그 65년 후의 기록이다.

조선왕조실록에 실린 53개의 '유세차' 내지 '유+연호○년+세차' 기록을 분석해 보았다. 그랬더니 변화가 뚜렷하다. 병자호란 이전의 26건은 모두 '유+연호○년+세차' 형태로 나타났다. 다만 세조 장남 의경세자 제문에는 '維'가 빠졌는데, 이 한 건은 실수로 추정된다. 반대로 병자호란 이후 27건 중에는 '유세차' 형태가 25회(이 중 1건

조선왕조실록 維歲次(유세차) 기록

시대별	표현 사례
조선 개국 (1392) ~ 병자 호란 (1636)	①維 연호○年 歲次 -- 24회 ②維 大明연호○年 歲次 1회 - 명나라 황제 명의 제문 ③연호○年 歲次 ------ 1회 - 세조 장남 의경세자 제문
	애책문 14　시책문 6 제문(맹서) 3　제문(황제) 2 지석 1
호란 이후 (1637) ~ 대한 멸망 (1910)	①維 연호○年 歲次 ----- 2회 - 소현세자 애책문 - 황제의 조선왕 제문 ②維 歲次 --------------- 24회 ③연호○年 歲次 ------- 1회 - 숙종 명의 숭정황제 제문
	애책문 19　시책문 6 제문(황제) 2

諡冊文 : 제왕·후비 시호 아뢸 때 칭송하여 지은 글
哀冊文 : 제왕이나 왕비의 죽음을 애도하여 지은 글

은 '유'자 탈락)로 온전히 바뀌었다. '유+연호○년+세차' 형태가 딱 두 번 보이는데, 하나는 청나라 황제가 작성한 제문이고 다른 하나는 인조 때 소현세자 애책문이었다.

오늘날 축문 읽을 때 "유우~ 세차" 식으로 '유'를 띄어 읽음은, 청나라 황제 연호 읊기가 싫어 낮게 입안에서 웅얼거리다 종내 탈락한 것이다. 사대하는 시대 아니다. 제사 올리는 해도 명확히 적음이 옳다. '유세차' 원형을 복원하자. (2023.08.31.)

지방, 신주보다 요긴한 편법

기제사이건 차례이건 제사는 그 흠향하실 고인의 혼령을 모시고 지낸다. 고인의 혼령이 머물러 있다고 상정하여 모시는 상징물을 신위(神位)로 총칭하는데, 신위에는 신주, 위패, 지방, 영정 등이 있다. 생각이야 각자 다르겠지만, 돌아가신 아버지를 가장 진하게 향수할 수 있는 신위가 무엇이냐 물으면 필자는 생전의 단아한 미소가 담긴 아버지 사진(영정)을 꼽겠다. 그보다 더 애틋하게 느껴지는 곳은 아버지 잠드신 산소 앞이다. 사대부집 제사를 사당에서 모심은, 그것이 유택 앞 현지 제향의 날씨와 이동, 그 어려움을 회피한 불가피한 차선책 아닐까 생각해 본다.

대표적 신위인 신주·위패·지방을 분별해 보자. 신주(神主)는 보통 밤나무로 만들며 윗부분 둥그렇게 처리한 직육면체 판때기 두 개를 앞·뒤로 맞붙인 것이다. 앞면 가운데에 고인이 제주의 어떤 지친인지와 생전 직함을 쓰고, 그 왼편에 제주가 누구인지 밝힌다. 뒷면에는 홈을 길게 내리 파서 고인의 관향과 직함, 이름을 적는다. 위패(位牌)는 모양이 신주와 비슷하지만, 앞면에만 신주와 같은 내용을 적어 넣은 간략한 것이다. 신주와 위패는 사당에 보관하다 제향 때면 모시는 반영구적 신위이다. 반면 제사 전에 종이에 썼다가, 제사 끝나면 바로 태워 없애는 지방(紙榜)은 일회용이다.

제사는 부, 조부, 증조, 고조까지 4대 봉사이다. 아버지 돌아가셔 제주가 바뀌면, 5대 현조부가 되신 '아버지의 고조부' 신위를 묘소에 묻고 제사는 없앤다. 불천위(不遷位)는 이 4대 봉사에 예외를 둔 것으로, 큰 인물이라 사당에 영구히 모시도록 허락된 신위를 말한다. 인색한 구두쇠 '자린고비'는 '기름에 절인 고비'가 그 유래라 한다. 아버지를 고(考) 어머니를 비(妣)라 적으니, 고비(考妣)는 곧 부모님 신위이다. 해어질까 봐 기름에 절인다니, 그 신위가 종이로 된 지방임을 알 수 있다. '자린고비'란, 쓰고 없애야 할 지방마저 아까워 후년에 다시 꺼내 쓰는 구두쇠이다.

신위에 신주 하나만 있으면 됐지, 왜 위패와 지방도 있나. 과거에 사당이나 신주감실 갖춘 집이 얼마나 되었으랴. ‘자린고비’란 말도 종이 지방이 서민들에게 보편적이라서 생겼을 터다. 신주는 고인의 적장손에게만 있는 유일한 물건이다. 그것은 어떤 필요에 따라 빌려 반출할 수도 없었다. 그러나 위패는 여럿 있을 수 있다. 집안 어른은 아니나 대단한 위인이면, 그를 성균관, 서원, 향교 같은 곳에서도 기리기 위해 ‘하나밖에 없는 신주’를 대신할 목적에서 위패를 만들어 모시고 제향을 올렸다. 전국에 산재한 퇴계의 위패가 몇 개인지는 그 후손들도 제대로 파악할 수 없을 것 같다.

‘지방’이라는 신위의 쓰임은 현대에 들어 더욱 요긴하겠다. 과거처럼 집성촌에 모여 사는 때가 아니고, 직장 따라 여기저기 흩어져 산다. 어머니 기일인데 형편상 형님 댁에 갈 수가 없다. “여보, 올해는 귀향 포기하고 집에서 우리끼리 참례합시다.” 이때 등장하는 신위가 임시방편 ‘지방’이다. 사실 과거에는 자손인데도 신주 앞에 서지 못한 사연 많았을 터다. 방계라서 배척되기도, 다툼이 생겼을 수도 있다. 그러나 분명한 사실은 명절이나 기일이면 자기가 어디에 머물든 상관없이, 모두 한 마음으로 저 머문 곳에서 각자 조상을 추억하고 기렸다는 예절이다.

추석맞이 민족의 대이동으로 코로나-19가 확산될까 걱정이다. 명절 귀향은 조상님 차례와 어른께 인사인데, 과거에도 우환이 들면 차례나 제향을 폐했다. 벌초를 아랫것 시키지 양반이 직접 했을 리도 없다. 신위 중에 지방이라는 편법이 왜 등장했는지 생각해 보자. 수구지심(首丘之心)은 어차피 마음이다.

(2020.09.22.)

사과와 수박이 무슨 죄람

이민위천(以民爲天)은 백성을 하늘로 섬기라는 경계이다. 그런데 이 좋은 말을 북한 김일성이 애용한 탓에 남한에서 쓰기 거북하게 되었다. 어떤 진보계열 국회의원 집에서 이 글귀 액자가 발견돼 그의 내란 음모 심증을 더한 바도 있다. 배움을 넓힌다는 뜻 박문(博文)을 일본에서 '히로부미'로 읽는다. 대한의 원수 이토오 히로부미가 자기 이름으로 썼다. 공자님 말씀『널리 문물을 배우고 예로써 절제하면 도를 벗어나지 않으리』(博學於文 約之以禮)에서 취한 말이다. 이 말도 히로부미 때문에 살짝 께름하다. 그나마 박문(博文)이 그 원수인 줄 아는 이는 그다지 많지 않다.

십여 년 전 미국 북한인권위원회 발간 보고서에『충성층은 사회주의에 철저히 물들어 안과 밖이 모두 빨간 토마토, 부동층은 겉만 빨갛고 속은 하얀 사과, 적대층은 절대로 물들 수 없는 포도라는 은어로 불린다』는 대목이 있다. 여기서 부동층은 움직이지 않는 부동(不動)이 아니라, 떠다니는 부동(浮動)이다. 부동층은 선거나 투표에서 어느 쪽을 선택하지 못하였거나, 바꿀 생각이 있는 계층이다. 북한에서 포도는 먹으면 안 될, 사과도 드러내 놓고 먹기에는 거북한 과일 아닐까 걱정스럽다. 재미있기는 국내 정치판의 '수박' 표현이다. 밖에서 보면 같은 진영인데, 안에서는 성향이 다르다고 판단한 구성원의 지칭이다. 북한의 부동층 사과와 같은 처지로 보인다. 사과는 겉이 빨간데 속이 하얗고, 수박은 겉이 파란데 속이 붉다는 점에서 다를 뿐이다.

수박의 '수'는 물(水)일 개연성이 높다. 수박의 박은 오이, 참외 같은 '박과 식물'이다. 수박은 거의가 물이라서 땀 많이 흘리는 여름에 섭취하면 특히 좋다. 칼륨 함량이 높고 이뇨 작용을 촉진하여 노폐물과 나트륨이 잘 배출된다. 당연히 혈류가 좋아지고 혈압도 낮춘다. 게다가 단맛이 강한 편이면서도 당분 함량은 의외로 적다. 저칼로리에 포만감까지 건네니, 비만 시대에 유익한 과일이다. 수박은 쪼갰을 때 선홍색이어야 환영받는다. 그렇지만 빨개야 달다는 편견과 달리, 기본적으로 수박의 붉은색은 단맛과 무관하다고 한다.

그래도 역시 베어 물지 않으면 모를 것이 수박의 당도이다.

나름대로 방법이 있기는 하다. 수박은 익을수록 푸른 표피 속의 '흰 둘레와 붉은 속' 사이에 어떤 이격이 생기나 보다. 그래서 손가락 구부려 두드리면 잘 익었을수록 속이 빈 듯 퉁퉁 통통 맑게 공명한다. 반대로 덜 익었으면 툭툭 톡톡 소리가 탁하다. 이 수박을 80년대에는 따서 보고 샀다. 과도로 삼각뿔 형태의 칼집을 내서는 콕 찍어 뽑아본다. 그런데 수박장사가 이렇게 자발적으로 땄어도, 잘 익지 않았으면 난감해진다. 아주 사고팔지 못할 정도는 아니지만, 그렇다고 사기에는 거북하다. 돌이켜보면 이렇게 빨갛다-허옇다와 달다-싱겁다 간의 충돌이 생겼을 때는, 누구 멘탈이 더 강한가에 따라 거래의 가부가 정해졌던 것 같다.

오이, 참외, 박, 수박은 모두 박과의 쌍떡잎식물이다. 품종 개량으로 유전적 특질이 사라지는 중이지만, 이 식물은 본래 잎겨드랑이에 딱 하나씩만 꽃이 달린다. 그래서 오이롭게, 줄기 마디 하나에 열매가 달랑 하나만 맺힌다. '외롭다'는 본래 오이와 같은 신세를 뜻한다. 오이의 옛말인 '외'는 참외 곧 '진짜 외'처럼 그 원형이 더러 남아있다. 외마디, 외톨이, 외기러기 같은 말도 있다. 수박도 외로운 과일이다. 부동층은 왜 생길까. 그네들에게 판단 장애가 있을까? 아무래도 유권자나 일반인보다는 피선거권자나 지도부 문제이기 쉽다. (2024.12.20.)

잔재 청산과 찌꺼기 씻어내기

형용사형 어미 '-ic, -tic'이 있다. 일본은 -틱(-tic)을 '티키·치키'로 발음한다. 한자 的(적)의 발음은 '테키'이다. 접미사 -적(的)은 일본이 1800년대 후반 -tic을 가차한 말이다. 데모크래틱은 '민주적', 에로틱은 '성애적'으로 번역하였다. 로맨틱(romantic)은 한자 '浪漫的'(낭만적)으로 번역하고 '로-만테키'로 읽는다. 낭만적이고 로맨틱한 말이다. 문장마다 빠지지 않는 접미사 '적'을 일본이 만들었다니 당황스럽겠다. 난감하기는, 기미독립선언서에 '적'이 열일곱 번, 그중 '민족적'도 여섯 번이나 보인다는 사실이다. '민족'도 일본제이다.

서양문물을 도입하며 일본은 많은 번역어를 만들었다. 새로운 사상과 문화 도입에서는 개념 정립이 중요하다. 일본은 용어들을 가나 아닌 한자로 번역하였다. '관념, 이상, 철학, 역설, 본능, 개념' 같은 개념, '과학, 기술, 물질, 정치, 해방, 인권, 민족'도 일본제이다. 동양고전의 낱말에 새로운 의미를 덧댄 것도 문화, 자유, 계급, 경제, 권리, 정치, 사회, 사상, 자연 등 숱하다. '–적'처럼 쓰는 접미사 –력, –성, –식, –형 –화나 –사회, –작용, –주의 같은 말도 수두룩하다.

이 일본제 한자말을 빼면 우리말 구사가 퍽 어렵다. 그렇지만 일본이 서양문화를 자기 것으로 소화한 노고에는 숙연해진다. 지금 사람들이 한자 뜻 좇아 의미를 쉬 짐작하지만, 그렇게 이해시키려 한 번역자의 통찰과 숙려는 참으로 값지다. 그런데, 필자는 이 일본제 한자어 놓고 혼란스럽다. 아직도 친일파, 토착왜구 따지는 때라 마음이 불편하다. 이 말들은 일본말인가 우리말인가? 가이당, 곤조, 쇼부, 도꼬다이로 발음하면 일본말이고, 같은 한자를 계단, 근성, 승부, 특공대로 읽으면 우리말인가? 어디까지가 친일인가.

'일제 잔재 청산 마당'이란 행사기 있어 웃었다. '잔재'와 '청산'이 일본제니까, 일제 한자어도 우리말로만 발음하면 괜찮다는 말인가. 그러나 몰라서 썼을 수도 있으니 명쾌하지 않다. 해방 후 76년간 왜색 찌꺼기(잔재)를 씻어냈는데(청산) 아직도 남은 게 있을까? 이승만과 박정희는 국민의 반일감정 건드려 정치적 이득을 챙겼다. 그런데 반일 정서는 지금도 더러 정략적으로 악용되는 것만 같다. 필자는 일본제 한자어를 쓸 것인가 말 것인가 고민할 바 아니라고 생각한다. 그것들을 일본어라 해도 상관하지 않는다.

생각하면 과거 삼국시대 이래 천년 세월 동안 한반도로부터 수많은 말들이 일본에 전해졌다. 이에 대한 연구성과는 많다. 한국어와 일본어가 계통적으로 많이 유사함은, 이처럼 역사적 으로 양국의 말이 오랫동안 서로 영향을 주고받았기 때문일 것 이다. 인접국 언어 간의 상호작용은 자연스럽고 필연적이다. 제국주의 정신 담긴 '국민학교' 같은 몇몇 역사적 민족적 문제 로 볼 말만 아니라면, 이제 일제 낱말에 대한 거부감은 걷을 때 되지 않았을까.

80년대에 무역 전공한 필자의 논문 주제는 대일무역 적자였 다. 원재료 수출과 공산품 수입 구조의 타파는 불가능해 보였다. 90년대 일본은 쇼핑 천국이었다. 그러나 어느새 세상이 바뀌었 다. 한국인의 삶이 일본에 앞설 날도 머지않았다. 필자는 도쿄 올림픽에서 일본의 행사 준비와 우리 선수들의 여유를 비교하며 퍽 즐거웠다. 정신과 의식, 문화와 예술도 일본은 더 이상 경계 대상이 아니다. 과거의 피해의식 털어내자. 정치꾼 정략적 발언 친일파, 왜구, 부역 같은 말 그만 들었으면 좋겠다. (2021.00.08.)

낙락, 인고가 이룬 아름다움

몇몇 침엽수를 변별한다. 전나무와 잣나무는 소나무에 비해 초록이 짙고 수형도 곧추 우람하다. 잎사귀는 전나무가 한 개, 잣나무는 다섯 개씩 돋아서 다르다. 가을에 낙엽 지는 낙엽송 즉 일본잎갈나무는 상록수가 아니라서 상록인 소나무와 뚜렷이 구분된다. 조선소나무와, 흔히 왜소나무로 불리는 리기다의 구분은 조금 어렵다. 리기다 원산지는 일본이 아니라 북아메리카이다. 송편 찔 때 솥 안에 까는 조선소나무는 잎이 둘, 리기다는 잎이 셋씩 난다. 조선소나무는 둥치가 매끈한 데 비해, 리기다소나무는 나무줄기에서 잎이 솟아 우툴두툴할뿐더러, 검고 지저분하여 어쩐지 품위가 떨어진다.

소나무 곧 조선소나무는 사는 곳에 따라 내륙은 육송, 해변은 해송이라 하지만 본래 같은 품종이다. 육송은 가지 끝 눈과 줄기가 붉어 적송이라고도 한다. 곰솔이라고도 하는 해송은 줄기가 검은 흑송이다. 쓰임으로나 모양으로나 품격은 역시 이들 재래 소나무인데, 수형에 따라 금강송, 안강송, 반송이라 한다. 금강산 등 백두대간에 자라는 금강송은 곧고 재질이 좋아 궁궐 재목으로 쓰였다. 구불구불 휘어지고 비틀려 아취가 서린 솔은 안강송 곧 안강형이다. 왕릉의 소나무가 똑 그러한데, 이름도 고분이 많은 경주 안강읍에서 비롯하였다. 반송은 밑둥부터 줄기가 여럿이라, 쟁반에 수북한 듯해 붙은 이름이다.

소나무 형용에는 '낙락'(落落)도 있어, '낙락장송'처럼 쓰인다. 가지를 밑으로 떨군(落) 큰(長) 소나무이다. 성삼문이 절명할 때 '봉래산 제일봉에 낙락장송 되야이서, 백설이 만건곤할 제 독야청청(獨也靑靑) 하리라' 하였다. 금강산에서 제일 높은 봉에 가지 늘어뜨린 큰 솔이 되어, 천지간 눈발 가득할 제 홀로 푸르리라는, 변치 않을 절개와 결기를 표현한 것이다. 그런데 '낙락장송'이란 표현은 아무래도 조선에서 만든 말 같다. 중국 고전에 보이지 않고, 소나무도 고구려 고토 북방에 많이 분포한다는 점이 그러한 추측을 낳는다. 게다가 '낙락'은 겨울철 눈과 연관된다.

'낙락'은 일향성이라는 식물 본성과 반대로 '가지가 땅을 향해 늘어지고 떨어짐(落)'이다. 하늘 향해 두 팔 벌린 나무야 달리, 수평으로 벌리거나 솟구친 어깻죽지에서 팔과 손이 아래로 처졌다. 이 '낙락'은 찬 눈이 빚은 수형이다. 상하의 땅에 선 소나무는 눈 맞을 일 없고, 온대의 활엽수도 낙엽 진 가지에 눈 쌓일 리 없다. 오직 소나무만 내리는 눈을 푸른 잎 떨기마다 넓적한 방석에 '떡살 앉히듯' 얹고 있다. 겨우내 이고 있는 솔잎 위 눈 방석은, 얹힌 위에 다시 켜켜이 쌓여 그 두께와 무게를 더한다.

그 무게 때문에 팔과 겨드랑이는 차차 벌어진다. 체조선수의 고통스러운 가랑이 찢기를 소나무는 해마다 거푸 꾸준히 한다. 그런 중에 이 고통스런 감내는 필연 낙락이란 겸손한 형용을 만들고, 문득 고매하다는 칭송으로 남 앞에 당당하다. 소나무의 가지 떨굼은 많은 세월 불가피했던 역경과, 부러질 듯 간당간당 아슬아슬 싸늘했던 역정의 드러남이다. 일도 가정도 관계도 품성도 결국 '감당할 수 있을까?' 할 정도의 시련을 극복만 하면, 어느새 스스로도 모르게 부쩍 성장한 마음과 몸이 만들어진다.

'낙락장송 되야이셔 독야청청 하리라'는 글귀는 '청청'에 무게를 실었다. 성삼문의 결기에 비추어 '홀로 푸름'이 중요하기는 하다. 그러나 한 발 비켜 생각하면 청청(靑靑)은 타고난 바요, 낙락(落落)은 단련이다. 청청은 소나무의 당연한 바탕이지만, 낙락은 수십 년 감내한 성취이다. 그렇기에 이 충신은 '낙락장송 되야'를 청청 앞에 두었는지도 모르겠다. 그렇게 이룰 수만 있다면, 청청은 그저 당연한 일이요 바탕일 뿐이다. (2020.01.10.)

태극기에 음양사상이 담겼나

태극기 유래에 두 설이 있다. 어릴 때는 박영효가 1882년 8월 일본에 수신사로 갈 때 배 안에서 만들었다고 배웠다. 지금은 1882년 5월 22일 미국과 수호통상조약 체결할 때 김홍집이 만들었다는 설이 우세하다. 사람들이 태극기에 대해 이해하기를 "태극은 만물이 무극에서 음양으로 분하며 세상이 생겨났음을, 사괘는 천지일월, 물불, 춘하추동이 두루 조화로운 세상을 상징한다"고 설명한다. 그러나 왜 하필 유학도 불교도 아닌 음양과 사상인가. 나라마다 다들 국기에 저 나름대로 강토와 민족과 신앙과 정부와 역사를 도안으로 담는데 말이다.

그러나 김홍집의 태극기 디자인에는 우리가 아는 바와 사뭇 달리 깊은 철학이 담겼다. 군주는 하늘이라 홍룡(紅龍)으로 위에, 보필하는 관원은 청운(靑雲)으로 그려 아래에 둔다. 그 둘레에 조선 8도를 배치하고, 나라 근본인 백성은 흰옷으로 상징

하여 바탕에 깐다. 다만 이러한 요소를 실물대로 그리려면 힘
드니, 홍룡과 청운은 태극(실은 양의)으로, 8도는 8괘로 대체하
였다는 설명이다. 그래서인지 오래 된 태극기에서는 더러 4괘
아닌 8괘도 보인다. 아무튼 위와 같은 태극기 디자인의 철학,
곧 군주와 신료와 강역과 백성을 반영하였다는 설명은 퍽 근
사하다.

　　음양과 사상의 도식을 보았다면, 태극기의 '태극'이 사실은
'양의(兩儀)'임을 안다. 주자는 태극도설에서 "태극은 곧 무극"이
라며, 태극을 텅 빈 원으로 표현하였다. 지금 태극기의 청·홍
은 명백히 태극이 움직여 이룬 양동음정(陽動陰靜)의 양(빨강)과 음
(파랑), 양의이다. 한편 서울올림픽 때 앰블럼으로 쓴 삼태극은
음·양 대신 천·지·인을 나타냈다. 그러나 태극기 한가운데 양
의를 사람들이 기왕에 '태극'이라 하는 마당이니, 삼태극을 '태
극'이라 해도 문제될 바 아니겠다.

이상하기는 4괘가 놓인 방향이다. 팔괘 각각의 방위 배정에는 전통적으로 세 개의 이론이 존재한다. 전설의 인물 복희가 그린 팔괘를 '선천팔괘'라 하는데, 여기에서 건(乾)은 정남쪽이다. 주 문왕의 '후천팔괘'에서는 '건'이 북서쪽이다. 또 하나의 이론이 있다. 1881년 김항(金恒)이 발표한 '정역팔괘'인데, 여기에서는 '건'이 정북쪽이다. 그렇다면 현행 태극기는 후천팔괘를 채택하였다고 볼 수 있다. 왜 주문왕의 팔괘를 택하였을가? 한편 1883년 1월 공표된 '어기(御旗)'라는 국왕의 깃발에도 팔괘가 있다. 1882년 5월 조미 수호통상조약 체결과 1882년 8월 일본 수신사 파견 후이다. 그렇다면 어기는 위의 활용 사례를 감안하여 제정되었을 터다. 그런데, 이 어기에서는 '건(乾)'을 남서쪽 내지 남동쪽에 배정하였다. 보는 방향에 따라 다르다. 아무튼 헷갈린다.

팔도 아닌 '주역의 괘'라는 주장 놓고 다시 보자. 태극 아닌 양의라는 섬, 하필 왜 8괘 중 건·곤·감·리 4괘를 골랐는지는 차치하자. 역학에서는 '무극'인 태극이 움직여 양의가 되고, 다시 사상과 팔괘로 전개된다. 그렇다면 태극기에는 태극이나 양의나 사상 중 하나만 넣으면 될 터에, 왜 굳이 셋을 모두 담았을까? 중언부언이다. 이런 면에서도 태극기 도안의 음양 개념 반영 설은 설득적이지 못하다. 김홍집의 도안에는 위정자인 임금과 신하의 합심, 강역과 백성이 다 담겼다. 음양사상을 넣지 않았다. 그리고 보니 조선은 도가 아닌, 유학에 집착하다가 망하였다.

근래의 어떤 현상은 퍽 안타깝다. 일명 '태극기부대'가 국기 들고 집회에 나서는 바람에, 국민들에게 태극기에 대한 일정 거부감이 생겼다. 한편 이에 못지 않게 이상하기는, 특정 집단의 집회에서 태극기가 보이지 않는다는 사실이다. 국기에 대한 지나친 근엄도 불편한 구속이지만, 반대로 태극기를 특정 집단과 묶어 기피하는 현상도 보기 거북하다. 태극기에는 정부와, 강역과, 민족이 오롯이 담겼음을 상기하자. (2023.03.02.)

애국가 작사자 문제의 해법은

애국가 작사자는 '미상'이다. 길지 않은 역사에 비추어 퍽 이상스럽다. 밝히기 불편한 사실이나 이념이 작용하는지 의심할 만하다. 작사자가 누구인지는 사실 70년 전에 판단이 섰다. 국사편찬위원회의 애국가 작사자 조사위원회는 1955년 7월, 11 대 2로 '작사자는 윤치호가 가장 유력하다'고 결론을 냈다. 그런데도 "확증이 없어 무결론"이라며 애매하게 발표하였으니, 진실을 덮은 셈이다. 윤치호는 친일파로 알려져 있다. 그러니 어느 애국가 연구자의『애국가 작사자 문제는 애국자 안창호 선생이냐, 친일 민족 반역자 윤치호냐 하는 난처 고약한 문제이다』같은 볼멘 소리가 나올만도 하다.

영화 만들 인물로 윤치호를 추천한 어떤 학자의 평가는 이러하다.『한국 근대사 최초의 세계인이며, 애국가를 작사한 민족주의자이다. 그러면서도 일제 시절 '조선민족에 자립의 능력이 없다'고 판단해 친일한 것도 사실이다. 국제성, 민족주의, 친일… 근대적 이념과 지향의 다면적 구도에서 한 개인이 배회하는 과정을 잘 보여줄 수 있다. (중략) 매혹적이면서도 잔혹한 격변기가 얼마나 많은 것을 개인에게 요구하는지, 새로이 열린 세상에서 자신의 길을 찾기가 얼마나 힘든지 보여주는』한국 사람 누구나 애국가 작사 윤치호, 국제적 지성 윤치호, 친일파 윤치호 놓고 고민하지 않을까.

윤치호 작사가 사실이라 그러한지, 1955년 공식 조사 후에도 증거는 계속 쌓였다. 1899년 6월 배재학당 방학식에서 불린 '무궁화노래'에는 지금의 애국가 후렴이 그대로 보인다. 윤치호 작사이다. 이 곡은 또 1897년 조선 개국 505년 기원절에 불린 '무궁화노래'(National Flower)와 같은 곡일 가능성도 매우 높다. 아쉽지만 후렴이 전하지 않는다. 다만 독립신문과 그 영문판(The Indipendent)을 함께 놓고 살피면, 이 역시 윤치호 작이 확실하다.

함흥은 태조 이성계의 고향이다. 그곳 설봉산에 태조가 머무른 귀주사가 있고, 그 옆에 그가 공부했다는 움집(土宇)도 있었다. 정조 때 경흥부사 지낸 홍양호가 들러 읊은 시 '토우기(土宇基, 움집터)'가 전한다. 『박달나무 무궁화꽃 삼천리, 한 치 땅도 가리지 않네. 장백산 높고 푸른 바다 넓나니, 자손 번창 면면 무궁

하리라』(檀木槿花三千里 不階尺土奄有之 長白山高靑海闊 緜緜瓜瓞無窮期) 근화는 무궁화, 장백산은 백두산이다. 함흥이니까 청해는 동해이다. 신기하지 않은가. 애국가 1절과 후렴『동해물과 백두산이 마르고 닳도록, 하느님이 보우하사 우리나라 만세. 무궁화 삼천리 화려강산, 대한 사람 대한으로 길이 보전하세』와 비교해 보라.

토우기와 애국가는 낱말과 구성이 하나인 듯하다. 1777년 쓴 홍양호의 시가 100년 이상 꾸준히 또 넓게, 식자층 사이에 회자되었을 터다. 그렇지 않다면 그 동일한 키워드와 취지는 너무나 공교롭다. 애국가 가사를 윤치호 단독적 창작으로 볼 바 아니다. 세상 창작 중에 어느날 갑자기 뚝 떨어진 게 과연 있던가. 필자는 애국가의 시원을 1897년과 1899년 불린 윤치호 작 '무궁화노래'로 확정할 바 아니라고 본다. 이렇게 길게 보면, 애국가 작사자 규명의 난감함도 사라진다.

애국가와 1890년대 무궁화노래 내지 애국가를 비교하면 상당한 가사의 변개가 보인다. '하나님'은 '하느님'으로, '보호하사'는 '보우하사'로, '바람이슬'은 '바람서리'로 바뀌었다. '님군'도 몇 차례 변해 '충성'이 되었다. 그러니 홍양호의 '토우기'와 그 100여 년 후 '무궁화노래' 사이에도 변화는 당연하다. 아무튼 '작사자 미상'은 정직하지 못하다. (2025.09.23.)

土宇基

在讀書堂北七里山谷中。

穴讀書之所。

土宇基靈且奇。王業起於斯。皇祖
騎白馬遵海湄。譬如太王蹟梁山率
同厥妃歸州之山窈且深。陶復陶穴
今鳥爲耘。山畬水飮禦渴飢積厚流
百祿無不宜篤生　神孫受景命化
檀木槿花三千里不階尺土奄有之。長白山高靑海
潤緜緜瓜瓞無窮期　君不見土宇基誰知王業艱難
時嗚呼誰知王業艱難時。

박달나무 무궁화 꽃 삼천리 강산
한치 땅도 가리지 않고
　　　　문득 자라고 있구나
백두산 높고 푸른 바다 광활한데
면면 이어진 외 넝쿨 다할 날 없네

시간 관계상 생략하겠다면

　'독립유공자 예우에 관한 법률'에는 순국선열을 『일본의 국권 침탈 전후부터 광복 전까지 이를 반대하거나 독립을 위해 일제에 항거하다 순국한 자로, 사후에 공로를 인정받아 건국훈장, 건국포장, 또는 대통령 표창을 받은 자』라 하였다. 그러면 8·15 광복 후 전장에 나가 목숨을 바친 이들은 불포함이다. 이들은 따로 '호국영령'이라 하는데, 국가의 부름으로 나아가 목숨을 바친 꽃과 같은 혼령이라는 뜻이다. 현충일과 광복절에 '순국선열과 호국영령에 대하여 묵념' 하면서, 그 대상조차 구체화해 떠올린 적 없었던 점 부끄럽다.

　똑같이 찍어대는 판화의 원판, 인쇄용 판목을 '클리셰'라 한다. 이 말이 늘 한결같아 새롭지 못한 입성 곧 상투(常套)를 가리키는 말로 변하였다. 변화 없어 진부하면 폐기가 답일까. 큰 파문이 너울 높이를 낮추며 변방으로 떠밀려 스러지는 것처럼,

클리세가 되면 의미와 존재감이 옅어진다. 그러나 판목(版木)은 한때 최선의 완성이요 이상이었다. 클리세의 불가결성을 깨단하면, 원형을 회복하고 그로부터 새로운 추력도 얻을 수 있다. 클리세라서 폐기함은, 생략하니 편하다는 생각은, 비판과 의식 없이 그냥 반복하였다는 말과 같다. 예술가들은 바로 이 진부함 곧 클리세에 새로운 의미를 부여하는 이들이다.

영화 '국제시장'을 보면 덕수와 영자가 거리에서 다투고 울다 국기 하강식 애국가에 부동자세 취하고 경례를 한다. 이 장면에서 관객들 모두 웃으니, 오늘날의 대한민국 건설에 하나의 정신적 의지와 추력이었던 의례가 이제 한낱 웃음거리로 전락하였다. 근래에는 애국가 합창과 국기에 대한 경례를 뭔가 쿨하지 못한 의식으로 취급하는 경향마저 보인다. 여기에는 이른바 '태극기부대'의 정파적 행사에 태극기가 과소비되어, 그것이 외려 부정적 영향을 끼친 면도 없지 않은 듯하다. 그러나 아무튼 국민의례를 거추장스러워하는 사회적 분위기는 퍽 우려스럽다.

공공 행사와 모임에서 가장 먼저 행하는 국민의례는 번거롭더라도 해야만 하는 법 규정상의 공식 절차이다. 태극기에 경례하며 국민으로서의 소속감을 확인한다. 순국선열과 호국영령 기리면서 애국과 희생도 다짐한다. 애국가 봉창으로 성원의 마음을 하나로 모은다. 공적 모임에서 이 세 가지를 중시하지 않는다면, 그로부터 어떻게 건강한 논의와 동력을 이끌어 낼 것인가.

무언가 생략할 때는 그 처음 생겼을 때의 당위성을 짚어보자. '애국가를 생략한다' 하는 말에서는 당초 반드시 애국가를 넣었어야 할 당위성이 감지된다. 생략할 게 있고 생략하면 안 될 것이 있다. 그런데도 대개는 웬만하면, 어떤 경우는 반드시, 해야 할 것을 하지 않고 생략하는 이유가 무엇일까? 시간이 부족하거나, 진행이 진부하거나 무의미해서, 또 짐짓 앙시앵 레짐 곧 구체제의 부정이기도 할 터다. 그렇지만 처음 애국가를 부르거나 국민의례를 행하면서 성원들이 공유한 그 터질듯했을 감동과 각오만은 재삼 그려 보았으면 좋겠다. 지금은 몹시 어려운 때이다.

행사나 모임, 하다못해 소파에 누워 빈둥빈둥 티브이 보면서도 듣는 말이 '시간 관계상 생략'이다. 신물이 나 '시간 관계상'이란 말도 생략했으면 좋겠다. 무엇을 넣고 뺄 것인가 고민할 일이지, 시간에 무슨 죄가 있나. 다만 그 행사의 취사선택 기준에서 국가와 선열이 배제되었을 뿐이다. 근래 한 행사에 참석하였더니 시간 관계상 국민의례를 뺀다는데, 대신 이십여 명 인사말을 넣었다. 개탄스럽고 지겨웠다. 국민의례 진행에 몇 분이 걸리나, 시시콜콜한 접대와 과시, 소개만 없애도 충분할 것을. (2022.09.21.)

시험도 글짓기도 자료 보면서

사전은 백일장에 대해 『글짓기 장려하려고 실시하는 대회. 조선시대에 학업 장려하려 실시한 글짓기 시험』이라 풀었다. 그런데 백일(白日) 곧 '대낮'을 놓고는 의견 분분하다. 실력을 백일하에 드러낸다는 의미라고도, 달밤에 시재 겨룬 망월장(望月場)에 견준 것이라고도 한다. 이 우리나라 고유어는 조선왕조실록에 처음 등장하는데, 부정행위를 막기 위해 답안지 제출을 유시 초(오후 5시 15분)로 한정하였다. 컴컴할 때까지 답안 제출이 늘어져 부정행위가 횡행하자, 시험을 밝은 대낮에 모두 마치려고 도입한 제도이다.

'난장판'이란 말은 조선시대의 혼잡한 시험장 곧 난장(亂場)에서 비롯하였다. 여럿이 어지러이 뒤섞여 떠들거나 엉망임을 말한다. 어찌나 부정이 심했던지, 과거시험에 붙으려고 여럿이 역할을 나눠 팀으로 움직인 정도였다. 응시자가 수만 명이라 눈에 들려면 답안지도 앞서 내야 하는 상황이었다. 그래서 응시자는 좋은 자리 잡고 답안도 남보다 앞서 밀어 넣는 선접군, 문제를 응시자 대신 푸는 거벽에, 필체도 평가하니 바르고 곱게 베끼는 사수까지로 한 조를 짜기도 하였다.

그런가하면 같은 태종실록에서는 오늘날의 오픈북테스트 논의도 읽힌다. 『임금이 "책 펼쳐 놓고 시험함이 좋겠다. 잘 짓는 자는 반드시 더디다. 백일장은 인재를 잃는 것 아닌가?" 하니, 예조판서 변계량이 불가하다면서 "책을 보지 않고 해도, 좋고 나쁘고의 변별은 있습니다. 백일장이 좋습니다." 하였다.』(태종 17). 반대에 부닥치기는 하였으나, 암기력에 의존하는 백일장 제도 때문에 자칫 좋은 인재를 잃지 않을까 걱정한다. 책 펼쳐 놓고 대책(對策)을 작성해야 보다 종합적 재능 평가가 가능하지 않겠는가 하는 임금의 우려이다.

수년 전, 해외로 유학 간 어느 대학생이 국내의 아빠·엄마와 역할을 나눠 대학 오픈북테스트에 임한 사실이 발각되어 비난 받았다. 그리고선 내놓은 변명이 "오픈북테스트라서 문제될 것 없다"였다. 그러나 대학이 그 시험에 부모의 참여까지 인정하였을 리 절대 없으니, 무척 낯 두꺼운 주장이다. 자료 펼쳐 놓고 보는 시험이 공정하려면 시험 장소를 한정하거나, 최소한 다른 사람과의 접촉 내지 조력을 막는 장치가 마련되어야 한다.

　이제는 오픈북 테스트에 공감하는 시대이다. 무엇보다 전자기기 발전으로 암기력이 크게 떨어졌다. 필자도 예전에는 전화번호 수백 개를 외우고 악보 없이 노래 수십 곡을 불렀지만, 지금은 아내 전화번호까지 헷갈린다. 그렇다고 걱정하지는 않는다. 전화번호는 휴대폰에 있고, 노래 가사도 반주기에 쌓여있으니까. 게다가 시대는 암기력보다 창의력을 요구한다. 시험뿐 아니라 사전적 의미의 백일장 '글짓기'도 이제는 수치와 도표, 그림을 넣어야 더 명쾌하고 설득적이다. 자료 인용은 표절이 아니다. 글이 다만 감성 표출이거나 두루뭉수리에 그치지 않으려면, 자료를 충분히 활용함이 옳다. 시험의 근본 취지는 암기력 테스트가 아니라 이해력 측정에 있다.

　바야흐로 수험 철이다. 기말시험 준비하는 학생들로 대학 도서관은 불야성이다. 수시입시 합격자 발표를 끝낸 대학들은 정시입시 준비로 몹시 분주하다. 수험생에게는 미안하지만, 테스트는 결국 우열을 가릴 수밖에 없다. 다만, 공정하고 바르게 재려는 노력은 더욱 절실해졌다. 요구되는 재능을 어떻게 하면 더 정확히 평가할 수 있을까. (2024.12.14)

달 뜨기, 잡지 못해도 좋다

물에 뜬 달을 잡으려 했던 원숭이 우화가 있다. 이 원숭이는 그저 반짝이는 달이 신기해 손을 뻗었겠지만, 사람은 그 달을 갖고 싶어 물동이에 길어 올린다. 『샘물 속 달이 너무 좋아, 스님이 달과 함께 샘물 길었지. 돌아와 물동이에 부었지만, 휘저어 봐도 달은 간 데가 없네』 하는 시에서 그렇다. 달은 세상 온

데를 고루 비추는 물건이라, 함께 나누고 누려야 할 그 월인천
강(月印千江)의 자연을 혼자 자치할 수 없는데도 말이다.

급월(汲月), '달 뜨기'는 옹달샘에 뜬 달을 긷자는 부질없는 짓
이다. 해도 해도 끝이 없는 일, 아무리 노력해도 닿을 수 없는
경지나 대상이 급월이다. 학문의 경지만 그러한 것이 아니다.
이룰 수 없는 사랑만 그러하지도 않다. 일도, 공부도, 사람도,
사랑에도 아득히 끝끝내 멀기만 한 것들이 있다. 달은 까마득
히 높고 어두운 밤 하늘에 걸렸다.

파블로 네루다가 물었다. 『나였던 그 아이는 어디 있을까, 아
직 내 속에 있을까 아니면 사라졌을까? 내가 그를 사랑하지 않
았다는 걸 그는 알까? 그리고 그는 나를 사랑하지 않았다는 것
도? 우리는 왜 그렇게, 헤어지기 위해 자라는데 많은 시간을
썼을까? 내 어린 시절이 죽었을 때 우리는 왜 둘 다 죽지 않았
을까. 만일 내 영혼이 떨어져 나간다면, 왜 내 해골은 나를 좇
는 거지?』

초동급부는 나무하는 애와 물 긷는 아낙이다. 물정 모르는
시골 촌 것 정도의 의미이다. 급수(汲水)― 물 뜨기는 어린 시절
내게 주어진 고단한 일과의 하나였다. 양은 바케츠 양 손에 들

고 가 마실 물을 길었고, 양철통에 펌프 물 받아 벽돌공장 벽돌과 블럭 양생하느라 뿌렸다. 샘물 바가지로 뜨는 것, 우물물 두레박으로 긷는 것, 펌프질로 지하수 올리는 것이 모두 다 급(汲)이다.

인간은 만물의 척도라 하였으니, 나의 척도는 나 자신이다. 그러나 이는 오만함이 아니라, 나의 부족함이며 동시에 과거의 나를 온전히 껴안지 못한 욕심일 터다. 어쩌면 내가 그 아이를 사랑하지 않았다기보다, 성인이 된 내가 과거의 나를 충분히 사랑해 주지 못할 것 같다는 두려움이 앞섰는지도 모른다. 그 서먹함 때문에 앞만 보고 달려가며 어린아이였던 나를 잊고 살았다.

우리가 헤어지기 위해 자랐는지, 혹은 처음부터 이별할 수밖에 없는 운명이었는지는 모른다. 다만 분명한 것은 이 단절된 슬픔이 끝나야 한다는 사실이다. 또 생각하면, 유년의 기억에 머물러 있는 '그 아이'는 그때의 나이기도 하지만, 동시에 그때 함께 웃고 울었던 내 친구이기도 하다. 지금은 죽었거나 혹은 먼 길 떠나 소식 끊긴 친구의 이름을 불러보는 것은 결코 하릴없는 급월이 아니다.

비록 물바가지 속에 달을 담아낼 수는 없어도, 물을 뜨기 위해 허리 굽히는 그 순간만큼은 달과 내가, 그리고 과거와 현재가 하나로 연결된다는 데서 그렇다. 이별이 성장의 필연적 과정이라 하여도, 그로 인한 고립이 영원할 필요는 없다. 세월의 풍파에 마모되어 버린 '그 아이'와 '그때의 친구'를 소환함은, 단순한 추억을 넘어 현재의 내가 딛고 선 삶의 뿌리를 확인하는 일이다.

그래서 이렇게 끼적이며 샘물 속 달을 긷는다. 내 영혼이 육신을 떠나지 않도록, 유년의 나와 지금의 내가 다시 만나 서로 용서하고 화해하게 하기 위함이다. 물동이 속의 달은 사라질지언정, 달을 보며 느꼈던 그 아련한 그리움은 마르지 않는 샘물처럼 앞으로도 남아있기를 바란다. 어둠 속에 빛나는 달을 향해 다시 손을 뻗는다. 친구야, 내 안의 어린 아이야, 우리 다시 만나자.

로맨스와 불륜, 얼마나 다른가

로마 지배 하의 서유럽 변방 말 로망스어는 평민의 가벼운 이야기에 쓰였다. 명칭이 로마를 지향하였지만, 이 하층어로 된 작품은 태생적으로 꿈의 세계나 모험, 이국적이고 괴기스러운 것을 다룰 수밖에 없었다. 제국 '로마'에서 비롯한 말 로만은 '로마[가톨릭]의'이면서 '로마인'이다. 연애, 애정소설, 모험담을 뜻하는 로맨스는 기이하며 몽상적이다. 로맨틱도 클래시컬(고전적)의 댓된 말이다. 클래시컬 문화가 품격과 형식을 존중한다면, 로맨틱 문화는 분방하고 감성적이며 비현실적이다. 성주와 기사들 십자군전쟁 떠난 곳에 어중이떠중이 돌아친다. 로맨스는 그들의 달콤하나 부방한 삼류소설이다. 부윰하고 아스라한 몽환, 왕자나 공주라도 된 기분, 정의와 진리만으로 살 것 같은 자신감, 막힘없이 이루어질 것 같은 느낌은 달콤하다.

그러나 더운 감정과 달콤한 연애는 대체로 허영과 현실 괴리이다. 이 일본에서 로망과 로맨스를 번역한 말이 '浪漫(낭만)'이다. 일렁이는 물결과 번지르르 윤활이니, 로맨스의 농탕과 감성을 잘 담았다. 한자 '浪漫(낭만)'의 일본 발음은 '로-망'이다. 영어 로만(로맨스)과 한자 낭만을 똑같이 '로-망'으로 발음한다. 로맨틱과 낭만적도 '로만테키'로 같다. 한편 한국에서 로망과 로맨스에 어떤 긍정적 의미가 덧붙은 데는, 번역어 '낭만'의 어감이 작용한 것 같다. 사전에서는 본래 촌티 나고 저급한 로맨스인 낭만을 「현실에 매이지 않고 감상적 이상적으로 사물을 대하는 태도나 심리. 또는 그 분위기」로 풀었다. 대척점 '노벨'을 간과한다.

윤리의 '윤(倫)'은 무리, 또래를 뜻한다. 그래서 윤리는 인간이 공동체 안에서 지켜야 할 도리이다. 지금은 부부 사이의 '옳음과 예의, 믿음'이 어그러진 것만 콕 짚어 불륜(不倫)이라 하지만, 원의에서 불륜은 오상과 오륜의 위배 전반에 대한 표현이다. 오늘날 불륜은 남녀가 배우자의 의사에 반하여 제3자와 육체적으로 관계하는 것을 말한다. 이문열의 '구로 아리랑'에 이런 표현이 있다. 「지가 하믄 로맨스고 남이 하믄 스캔달이라 카기도 하고, 또 남한테 안 들키면 로맨스고 들키믄 스캔달이라 카는 말도 있습디더마는」… '내로남스'의 등장이다. 그런데 스캔들의 원의는 치욕적 소문과 평판으로, 내로남불에서의 불륜과는 어감도 행위도 사뭇 다르다. 남을 비난하지만 어느 정도 금도와 품격이 있다.

이 말 '내로남스' 망쳐 놓은 이들은 정치인이다. 90년대 말 어떤 국회의원이 "야당 주장은 내가 바람피우면 로맨스, 남이 하면 불륜 식"이라 하였다. 남의 행위를 비난하면서 정작 자신의 비슷한 짓은 합리화하는 행태를 '내로남불'이라 한 것이다. 윤리와 정의로 비판하다, 막상 자기에게 닥치면 입장을 바꾼다. 남에겐 엄격하나 자신에겐 자비로운 이중성이다. 한편 생각하면 로맨스와 불륜은 얼마나 다른가. 이성과의 사랑은 그것이 육체적이건 정신적이건 배우자에게 분명한 상처이다. 그 둘 모두 제3자에게 아픔이라는 점에서 똑같다.

성경에 『외식(外飾)하는 자여, 먼저 네 눈 속에서 들보를 빼라. 그 후에야 네가 밝히 보고 형제의 눈 속에 있는 티를 빼리라.』 하였다. 이 말씀을 험악하게 표현하면, "제 몸에 똥 묻히고서, 겨 묻었다고 남 나무라지 말라"는 개유이다. 로맨스도 불륜도 부정행위라는 데에서 하등 다르지 않다. 겨이고 똥이고 더럽기는 일반이다. 정치인들은 내로남불 타령 그만하고 '지기추상 대인춘풍'(持己秋霜 待人春風) 하며, 좁은 진중 벗어나 넓은 시각으로 나라의 장래 도모하길 바란다. (2023.05.11.)

메어리스트 그리스도 미싸!

그리스도는 메시야 구세주를 가리키는 말로, 본래 '기름부음 받은 자'를 뜻한다. 기름부음은 왕이나 사제·예언자가 될 때 행하는 축복이다. 이스라엘 민족은 언제고 세상에 그리스도가 온다고 믿는데, 이러한 그리스도 현세 신앙이 곧 그리스도교이다. 따라서 유대교, 가톨릭교, 동방정교, 개신교는 큰 틀에서 모두 그리스도교이다. 다만 유대교는 아직 그리스도가 오지 않으셨다는 입장인 반면, 나머지 신앙들은 "예수가 그리스도"라 하는 점에서 서로 다를 뿐이다. 그리스도 예수께서 오신 날이 코앞이다.

한편 흔히 「그 바탕이 독실함」 정도로 이해되는 기독은 '기리사독'의 축약이고, 기리사독(基利斯督)은 그리스도의 한자 표기이다. 중국에서는 '예수 그리스도'를 '耶蘇 基利斯督'(한국 발음 : 야소 기리사독)으로 적는다, 그래서 기독교를 조선시대에 야소교나 기리사독교로 불렀다. 그리스도를 왜 '기리사독'이란 이상한 말로 부르는가? 원인은 중국과 한국의 한자 발음 차이에 있다. '基利斯督' 번역 당시 중국의 이 옛 한자 발음은 '기리수두'에 가까웠다. 고대 그리스어 곧 희랍어는 '그리스도'의 본디 발음을 가장 충실하게 담고 있는데, 그 소리가 '흐리스투스'에 가깝다.

그러니까 한국에서의 그리스도 곧 기리사독(줄여서 기독)은, 이 말을 처음 도입한 중국으로서는 퍽 충실하게 음차한 것이다. 이처럼 극동 3국에서 공통으로 쓰이는 서양말의 음차 낱말은, 처음 도입한 나라가 어디인가를 알아야 비로소 그 이상한 발음의 원인이 이해된다. '예수'의 경우도 이 말을 만든 중국의 耶蘇(야소) 발음 '이예수'는 헬라어 발음 '이수스'와 퍽 흡사하다. 아무튼 한글 덕분에 오늘날 우리의 발음 '예수 그리스도'는 영어 '지저스 크라이스트'와는 비교할 수 없게, 고대 헬라어 '이수스 흐리스투스'에 가깝다. 실로 축복 받은 민족이다.

메리 크리스마스의 '메리'(merry)는 '명랑한' 크리스마스는 '성탄절'이니, 메리 크리스마스는 '즐거운 성탄절'이다. 크리스마스는 'X-Mas'로도 쓰는데, 이때의 X는 헬라어 '흐리스투스' 곧 그리스도의 첫 글자이다. 또 크리스마스의 'mas'(마스) 연원의 추적하면 라틴어 미싸(missa, 미사)에 닿는데, 가톨릭교 의식의

그 미사이다. 축일·축제일을 뜻하는 영어 '–마스'(mas)가 가톨릭의 중요한 전례인 성체제의에 이르는 것이다. 이 미사가 예수께서 십자가에 매이기 전날 밤, 포도주와 빵을 당신의 피와 살로 상징하여 베푸신 최후의 만찬이다.

'마스'가 가톨릭교 의례 '미사'에서 비롯하였다는 데에서도 이들 종교가 그리스도교라는 데에서 하나임을 알겠다. 라틴어 명사 미사는 어원이 '보내다' 뜻하는 말 '미떼레'(mittere)에서 비롯하였다. 이 말이 전례의식을 가리키게 된 것은, 미사 마칠 때 "이테, 미싸 에스트"(Ite, missa est. Go, it is sent away) 곧 "미사가 끝났으니 떠나시오!"라 외쳤기 때문이라 한다. 이는 단순히 돌아가라는 뜻이 아니다. "그대가 예수의 피와 살을 먹고 그리스도와 하나 되었으니, 가서 세상에 복음을 전하시오. 그의 사랑과 봉사를 실천하시오!" 하는 권면이다. 이테, 미싸 에스트!

메리(merry, 메어리)는 '즐거운·명랑한'을 뜻하는 형용사이다. 그러므로 당연히 비교급 메어리어(merrier, 더 즐거운)와 최상급 메어리스트(merriest, 가장 즐거운)도 있다. 그런즉 사람들이 메리 크리스마스 보낼 때, 이 글 읽는 그리스도교 신자들께서는 남보다 메어리어한 크리스마스, 가장 메어리스트한 성탄절 되시기를 빈다. 사랑과 봉사의 성탄절이길 바란다. 메어리스트 그리스도 밋싸! (2019.12.20.)

Part 3.

공공역사 실천의 중요성

[지역과 역사] 삶에서 쓰는 공공역사

역사는 거창한 기록 속에만 존재하지 않습니다. 매일 걷는 골목과 물길에도 역사가 면면 흐른다고 할까요? 세 번째 장은 필자가 뿌리 내리고 살아 온 경기 북부, 특히 의정부와 양주의 역사와 문화에 대한 생각입니다. 지명 '경기'의 높은 고유성을 이해하고, 잊힌 옛 물길 '두험천' 걸으며 지역의 정체성도 고민해 봤습니다. 끼적거린 때에 따라 시의성 덜어진 글도 있으나, 그래도 큰 틀에서 향토 사랑임을 널리 이해 바랍니다. 역사는 과거에 대한 지식과 취미뿐이지 않습니다. 발굴하고 또 만들어가는 공공역사를 강조하고 싶었습니다. 내 삶의 터전에 생명을 불어넣는 일이라 생각합니다.

지명 '경기'의 고유성

일본 정부에서 문부성·대장성 할 때의 성(省)은 중국 관청에 붙이던 한자, 기내(畿內)는 천자의 왕성 주변 지칭이다. 그래서 이 말들은 일본 천황제의 제도적 장치이다. 천황의 일본과 황제의 고려를 생각하면, 유약했던 제후국 조선은 퍽 아쉽다. 고려 황제는 '짐'을 자칭하였으나, 조선왕은 '과인'이라 낮추었다. 고려의 신민은 폐하께 만세를 외쳤으나, 조선의 신하는 전하의 천세를 올렸을 뿐이다. 고려는 성(省)을, 조선은 조(曹)를 관청 이름에 붙였다. 왕건은 연호 '천수'를 정하고, 세자 아닌 태자에게 황위를 전하였다. 원나라 침입 이전의 고려는 확실히 황제의 나라다.

광역자치단체 이름 '경기도'는 특별하다. 충청도가 충주·청주, 경상도가 경주·상주의 조합인 것과 달리, 경기도는 황제국 고려의 자존감 높은 지명이다. 경기(京畿)의 畿(기)는 주나라 때 왕성 밖 5백리까지를 이르던 말이다. 중국 당나라 때 왕성 방위 목적으로 경현(京)과 기현(畿)을 두었는데, 이를 합성한 '경기'가 고려 경기의 모델이다. 고려 현종은 995년 개경(개성) 주변 6개 현을 경현(京縣), 다른 7개 현을 기현(畿縣)으로 정했다. 이것이 오늘날 경기도의 기원이다.

고려의 개경 주변 경기는 점차 커져서, 문종 23년(1069)에는 북으로 황해도 곡산·수안, 남으로 화성과 시흥·과천까지 확대되었다. 조선은 한양 중심으로 경기를 재설정하는데, 태종 14년(1414)에 이르면 지금의 경기도에서 가평과 평택·안성을 뺀 형태로 남하한다. 개경(개성)은 한양(서울)의 북서쪽에 있다. 그래서 두 왕조의 경기도를 비교하면, 고려시대에는 황해도 남부가 들어간 대신 현재 경기도의 동남부가 빠진다. 개략적으로 한강·북한강 동쪽과, 경기남부 수원·평택·안성은 경기도가 아니었다.

내년 총선 앞두고 경기도 분도 얘기가 다시 나온다. 연천, 포천, 양주, 남양주를 비롯한 경기북부 10개 시·군 면적은 경기도 전체의 42%에 이른다. 지난 9월의 인구 344만 명도 광역단체 중 서울, 경기남부, 부산에 이어 4번째로 많다. 경기북부지역 총생산 규모도 다른 광역단체에 비해 적지 않다. 이러한 지

표들이 경기도 분도론, 즉 경기북부의 독립에 상당한 당위성을 부여한다.

앞서 '경기'의 연원을 살핀 연유는 분도 논의에 있다. 분도에 있어 경기북도와 경기남도라는 명칭은 어쩐지 기계적이고 고민도 부족한 느낌이다. '평화통일특별도'라는 말도 유통되던데, 통일 이후에도 이 명칭이 계속 의미를 지닐지는 의문이다. 인접 강원도와 이 명칭 놓고 다투지 않을까 염려스럽기도 하다. 게다가 경기북부 광역자치단체는 장차 분단 이전의 경기도 장단과 개풍, 경기도 생활권이라 할 강원도 철원도 품어야 할 것 같다.

살펴보니 연천·파주는 1018년부터 1천 년 내내 경기도였다. 고양, 동두천·양주·의정부, 포천, 구리·남양주도 950년간 경기도였다. 그러나 하남·여주 등 옛 광주 땅과 수원·용인 등은 1404년에야 경기도가 되었다. 더 남쪽의 평택·안성은 충청도와 경기도를 오가다 일제강점기에 편입되었다. 그러니 경기북부는 1천 년, 경기남부는 6백 년간 경기도였다. 더욱이 경기북부는 고려와 조선 왕조를 관통하여 경기도다. 다소 거칠게 표현해서 '경기도'라는 지명의 역사성과 고유성은 경기북부에 있다.

말에 담긴 자존감과 그 천년 역사에서, 지명 '경기도'는 퍽 매력적이다. 명칭 계승을 위해 다툴만하다. 분도가 이뤄진다면, 의정부 시민인 필자는 '경기도' 지명이 고려 경기와 조선 경기의 지정적 교집합인 경기북부에 한정되기를 바란다. 그랬을 때, 고려시대 양광도의 광주였던 현재의 경기남부 지역을 무엇으로 명명하면 좋을지 모르겠다만. (2019.10.11.)

경기북부특별자치도를 꿈꾸며

'경기도청' 하면 당연히 수원을 떠올린다. 그러나 조선시대 감영까지 포함해도 경기도청 수원 시대는 70년이 안 된다. 지리적으로 서울은 경기도의 중심이고, 경기감영은 태종 이래 오백 년 이상 서울에 있었다. 군사적 목적으로 하남이나 포천에 잠시 옮긴 적이 있을 뿐이다. 경기도관찰부를 수원에 두기는 1896년 행정편제가 13도로 바뀐 때였다. 그러나 수원의 이 경기관찰부는 한일합방으로 15년 만에 폐지되고, 대신 서울 세종로에 경기도청이 생겨 1967년까지 57년간 존속한다. 이후의 경기도청 수원 시대는 올해까지 55년에 불과한데, 이 짧은 기간 경기북부와 남부의 문화 경제적 수준은 천양으로 벌어졌다. 경기도의 남북 간 불균형은 이렇게 축적되었다. 그렇지만 당시 도청을 수원에 둔 당위성은 분단에 따른 안보적 고려 외에 찾을 수 없다.

경기북부 10개 시·군 면적이 경기도 전체의 42%인데 반해, 인구는 26%에 불과하다. 지방자치단체 재정자립도 또한 남부 41.8%에 비해 북부는 26.3%로 훨씬 못하다. 그리고 이 낮은 재정자립도가 경기북부 분도 반대의 유력한 논리이다. 그렇지만 이는 수십 년간 지속된 규제 탓이다. 수도권정비계획법의 수도권정비권역, 개발제한구역의 지정 및 관리에 관한 특별조치법의 개발제한구역, 군사기지 및 군사시설보호법의 군사시설보호구역과 미군 공여지, 한강수계법의 수변구역, 수도법의 상수원보호구역, 환경정책기본법의 팔당특별대책지역 등 온갖 규제가 오늘 이 시간까지 경기북부의 정상적 경제와 생산 활동을 틀어막고 있다. 아무튼 그러구러 경기북부 360만 인구는 이제 광역자치단체 중 경기남부, 서울 다음으로 많다.

그러나 경기북도 신설이나 분도의 당위성은 이러한 차별과 희생보다 더 높은 차원에서도 발견된다. 지난주 의정부 소재 경기도청 제2청의 '경기북부 특별자치도 설치 토론'에서, 경기도지사 당선인이 분도라는 말을 쓰지 말았으면 좋겠다고 말했다. '특별한 희생에 특별한 보상' 같은 읍소로 접근하지 말자는 주문이다. 새로운 국가적 성장잠재력이 필요하고, 남북 교류는 접경 중심이어야 하며, 국가균형발전이란 정책까지 고려하면 경기북부에 대한 특별한 국가적 배려는 당연하다. 그럼에도 그간 도지사들은 당선만 되면 분도에 반대해 왔다. '주민 불편을 초래한다, 단계가 미숙하다, 재정자립도가 낮아 안 된다, 분리 않는 게 경기북부 발전에 더 낫다'… 심지어 분도를 "경기도가 망하는 길"이라고도 했지만, 모두 정치적 욕심으로만 보인다. 게다가 경기북부에는 이미 도청, 교육청, 경찰청 등의 제2청이 있고, 대규모 법조타운도 곧 들어선다. 이것은 분도 추진에 따른 물리적 어려움도 별반 크지 않을 것이라는 말이다.

분도나 특별자치도 설치에는 주민투표나 도의회 의견 청취가 필요하다. 그것이 다만 국회 입법 과정의 참고자료일 뿐이어도 그렇다. 그런데 경기북부 주민들의 분도 희망이 '북부보다 더 많은, 그러나 이해에서는 먼' 남부 주민들에 의해 거절될 수도 있다는 사실은 조금 걱정스럽다. 그것이 지방자치법에 의한 적법 절차임에도 불구하고, 혹 있을지 모를 남부 주민들의 이러한 다소 이익충돌적 의사 표현은 불편하다. 한편 경기도의 남북 사이 사회간접자본이나 경제적 수준은 이미 지나치게 벌어져, 양쪽의 상충하는 수요를 모두 충족할 공통의 정책목표 설정은 갈수록 어려워질 터다. 이는 지방자치의 본질에 어긋날 뿐더러, 국가적 성장동력 개발에도 장애 요인이다. 경기특별 자치도 설치에 대한 경기도민 모두의 대승적 협조가 절실하다.

(2022.06.29.)

지방자치와 고유지명 찾기

　　의정부 우정마을은 2025년 조성이 끝나는 우정공공주택지구 안 자연부락이다. 미군 43병원이 인근에 있었기에, 필자는 미군과의 우정 강조한 작명이겠거니 하였다. 오랜 세월 변두리여서, 본래 이름도 내놓은 자식 같은 '뒷골'이었다. 주민들이 "한 우물물 마시며 우애 깊고 화목한 동네이다. '우정(友井)'으로 바꿔 달라." 요청하였다. 그래서 10여 년 전 우정마을이 되었다. 관악구는 2000년대에 여러 행정동 이름을 바꾸며 달동네 이미지 탈피가 그 목적이라 밝혔다. 이러한 지명 변경이 꽤 많았다. 대구 황천동은 황금동으로, 파산동은 호산동이 되었다. 안성 '죽일'면과 '죽이면'을 각각 일죽면과 이죽면으로 살짝 눅였다. 과거에 많던 대장간 터, '쇠 불릴 야(冶)'자 '야동'도 야한 동영상 연상된다 하여 바꾼 곳 여럿이라 한다.

　　몹쓸 짓은 1914년 일제강점기 행정구역 통합과 개편이었다.

97개 군, 1634개 면, 3만 개 이상의 동·리 이름이 사라졌다. 가장 흔했던 작명은 이쪽저쪽 한 자씩 따서 조합하는 것이었다. 이러한 조처에 역사와 인물을 지우려는 의도가 담겼을 것 같다. 창씨개명까지 강제하여 혈연과 전통을 뭉개고, 겨레의 얼을 죽였다. 경우 다르지만, 그래서 필자는 도로명주소가 마뜩잖다. 필자의 의정부시 금오동 도로명주소는 '동일로 711번길'이다. 동일로는 서울에서 의정부까지 꽤 긴 길이다. 그러니 '동일로' 주소로는 위치의 직관은커녕 짐작조차도 어렵다. 전통 부수고, 혈연 끊으며, 추억까지 지우는 것 같아 속상하다. 이래저래 지역 역사문화 모임에 나간다. 동네의 유래, 살던 사람과 역사 배우며 내 고장에 대한 사랑이 부쩍 자랐다.

'의정부'라는 지명은 그 연원을 임진왜란 전으로 소급할 수 없다. 대신 의정부에서 가장 오랜 지명은 '녹양(綠楊)'이다. 역원제는 공문서 전달과 공무출장 편익 제공 시스템이다. 고려 현종(재위 1009~1031) 때 이를 정비해 전국에 22개 노선을 두었다고 한다. 견주(경기도 양주의 옛 지명) '녹양역'이 고려사에 등장한다. 한편 조선왕조실록에는 녹양역보다 군마 먹이던 녹양목장과 군사훈련장 녹양평 또는 녹양장이 더 자주 보인다. 생각하면 이들 역원과 목장과 훈련장을 하나로 꿰는 테마는 '군사'이다. 의정부가 천 년 이상의 세월동안 전략적 요충이었음을 증명한다.

필자는 고려 때부터 1894년 갑오경장까지 존재했던 녹양역의 발굴이나 복원을 소망한다. 이제 막 터를 팔 우정택지지구 개발사업에 지금이라도 이를 반영할 수 있을 터이다.

중랑천은 양주 불곡산에서 나와 의정부 지나 한강에 든다. 조선왕조실록에는 이 중랑천의 근거인 '중량포'가 20회 '충량포'가 10회 나오지만, '중랑포'는 정조 이후 딱 2회 보인다. 이 나루터는 월계동과 묵동 사이에 있었다. 역사성 부족으로 중랑구청 홈페이지의 '중랑' 유래 설명도 불분명하다. 중랑천의 의정부 구간 이름은 역사적으로 '두험천'이다. 조선왕조실록에 등장할뿐더러, 함경도 경흥 가는 파발의 의정부 개울가 발참도 '두험천참'이었다.

내년에 지방자치 단체장과 의원 선거가 있다. 제각기의 지방자치 바탕은 자치 곧 독자성이다. 그리고 이 독자성은 지역마다 고유한 문화와 역사성 강화에서 나온다. 성숙한 지방자치에 맞춰 전국 내지 광역에 함몰되었던 지명과 문화의 복구 노력이 절실하다. 의정부 시민으로서, 고장의 소중한 역사문화 자원이라 할 녹양역과 두험천을 소개하였다. 필자는 이들 지명의 브랜드 가치가 꽤 높다고 생각한다. (2021. 10. 13.)

교외선, 경기도 통합의 지렛대

경기도는 지난달 국토교통부 '제4차 국가철도망 구축계획 건의 사업'에 총 50개 노선의 수요를 제출하였다. 철도사업은 우선 이 중장기 계획에 포함돼야 추진이 가능하다. 그런데 이들 사업 중 경기북부 노선은 한강 남북의 연결까지 포함해도 17개로 전체의 34%에 불과하다. 경기북부 면적 비율 42%에 견주어 부족할뿐더러, 기존의 경기남부 철도 인프라를 감안하면 그 열세는 더 크게 벌어진다. 같은 달 국정감사에서는 경기북부 교통망에 대한 배려 부족이 언급되었다.

경기북부는 안보상 이유로 반세기 이상 각종 규제가 중첩돼 불이익이 컸다. 생활편익 부족으로 남부에 비해 인구 유입도 경제 발전도 더뎠다. 이렇게 생활 기본권을 약화시키고는, 그로 인한 결과물인 낮은 '비용 대비 수익'을 잣대로 교통 인프라 투자에 난색을 표한다. 교통여건 특히 철도시설이 좋아야 인구가 늘건만, 거주 불편을 조장한 후 투자가 어렵다는 논리를 편다. 그러니 선거 때면 '차라리 분도'론으로 대변되는 불만이 거푸 표출된다.

서울교외선 철길을 경기도 양주 장흥역에서 의정부까지 둘러보았다. 온릉역에서는 북한산 상장능선과 도봉산 오봉이 준수를 다투고, 사패산 삿갓바위는 송추역께서 가장 헌앙하다. 맑고 푸른 하늘과 따뜻한 햇살, 울긋불긋 단풍 내려 선 철길에 간간히 터널과 다리가 놓여있다. 공릉천 철교 위를 알싸한 감각으로 겅중겅중 걷거나, 컴컴한 터널 허공에 뜬 하얀 동그라미 출구 바라보는 재미 쏠쏠하겠다. 푸릇한 학창시절 단골 엠티 장소였던 일영, 송추, 장흥… 운행이 중단되자 교외선의 추억은 외려 더욱 아쉽다. 교외선 열차는 언제 다시 달리게 될까.

고양시 능곡역에서 양주를 거쳐 의정부역에 닿는 교외선은 2004년 이용률 저조로 운행이 중단되었다. 그러나 근래 주변 택지개발에 따른 교통수요 증가로 운행 필요성이 부쩍 증가하였다. 게다가 이 노선은 정부의 수도권 순환철도망 구축에 있어 경기북부 지역을 동서로 연결하는 핵심 노선이다. 교외선이 전철 3호선의 고양시와 전철 1호선의 의정부시를 연결하며,

이로부터 파생되는 여러 교통망과의 연계와 그 효용은 기하급
수적이다. 철도 불모지 포천까지 연장하는 지하철 7호선, 양주
덕정역에 들어올 수도권광역급행철도-C 노선에 연결할 수 있
다. 손익 문제로 골치아픈 의정부경전철과 남양주 별내신도시
에 들어갈 지하철 8호선의 효율도 높일 수 있다.

교외선 운행 재개와 복선 전철화에 따른 경제·문화적 효용
증가는 경기북부에 국한되지 않는다. 얼마 전 서울외곽순환고
속도로 이름이 수도권순환고속도로로 바뀌었다. 이러한 변화
는 서울과 경기라는 명칭의 형평성 문제보다, 경기도가 서울의
위성도시 기능에서 벗어나 독립된 경제·문화 체제를 구축한다
는 데 더 큰 의미가 있다. 교외선 재운행은 '수도권 순환' 교통
체계의 완성으로, 이로써 도내 각 권역 간의 교류 증진과 통합
에 획기적 변화를 불러올 것이다.

교통정책에서 경기도가 역점을 두는 중요 가치는 공공성 강
화인 것으로 알고 있다. 그 효율적 실현을 위해 도내 시군별로
분산 관리하던 교통 체계와 인프라를 통합 관리할 경기교통공
사가 지난해 설립되었다. 올해 초에는 경기도 철도항만물류국
도 의정부 소재 경기도청 북부청사로 이전하였고, 경기교통공
사의 양주 이전도 확정되었다. 조속히 교외선 재운행과 복선화

를 추진하여 "특별한 희생에 특별한 보상", 즉 남북 분단으로 인한 저간의 경기북부 피해를 보상하겠다고 한 도지사 언명이 진실이었음을 보여주길 바란다. (2020.11.06.)

우이령 새벽 눈길을 걷고 싶다

단풍은 낙엽으로 지기 전의 찬란한 자기 표현이다. 엽록소 푸른 클로로필 스러지자 잔토필, 카로티노이드, 안토시아닌, 탄닌 저마다의 때깔인 황색, 노란색, 붉은색, 갈색이 현란하게 드러난다. 가을볕의 따사로운 질감은 얇아진 갈잎의 햇빛 투과가 그 느낌을 더한다. 추색 짙은 숲속의 햇빛은 스테인드글라스가 빚은 예배당의 그것처럼 깊고 따뜻하다. 가을 나무 밑에 서면 단풍은 복잡한 생각과 정신을 허허롭고 마알간 영성으로 정갈히 씻는다. 사색 깊어진 가을 산을 오른다.

야트막한 고개 우이령 옛길 7km를 장흥면 교현리로부터 걸었다. 도봉산과 북한산은 도봉구 우이동과 양주시 장흥면 교현리를 잇는 우이령길로 산이 구획된다. 우이령길 걸으며 길 양편으로 보는 두 산의 뒤태는 빼어나다. 계곡 물은 맑고 풍성하여 군부대 유격장이 자리잡을 정도이다. 땀과 먼지 범벅이 되었어도 훈련 후 계곡물에 텀벙 몸 씻고 훈련복 빨던 재미를 군 생활 겪은 남자들은 안다.

유격장 옆 샛길로 가파른 길로 도봉산 조금 오르면 절벽 밑 천년 역사의 석굴암에 닿는다. 뒤로 관음봉 우뚝하여, 대웅전 처마 밑 녹슨 풍경과 함께 카메라 앵글에 잡힌 오봉의 자태가 부처님 광배인 양 눈부시다. 석굴 앞에서 윤장대 전각 보자니, 남으로 아취 서린 낙락장송 사이 한 일(一)자로 연닿은 북한산 상장능선이 아득하고 시원하다. 가히 장관이다.

의정부가 고향인 필자는 초등학교 1학년 겨울 1968년 1월 21일 기억이 뚜렷하다. 그믐으로 가는 컴컴한 밤이 그 며칠동안 대낮처럼 환해, 곡절 모른 채 밤새 동무들과 신나게 놀았다. 도봉산·사패산뿐 아니라 의정부 상공에 개미까지 보일만치 조명탄을 뿌렸다. 청와대 습격에 실패하고 도주한 무장공비 수색이었다.

무시로 드나들던 그 우이령길은 1·21사태로 끊겼다. 2009년 들어 선착순 사전 신청으로 하루 1천 명의 제한 통행이 허용되기까지, 장장 40년간 잊혔던 길이었다. 무장공비가 침투한 길이라는 이유로 폐쇄하였으나, 사실 김신조 일당이 우이령을 길따라 걷지는 않았을 것이다. 도봉산에서 북한산으로 그 길의 한 지점을 단 몇 초 동안 횡단하였을 터이다. 점을 선으로 확대 판정하여 싸잡아 구속한, 과거의 행정편의주의와 권위주의가 읽힌다.

DMZ 내 초소가 부분적으로 폐쇄되고, 판문점 JSA가 북측까지 관광이 드난할 수 있게 세상은 변했다. 지척의 청와대 뒷길과 인왕산까지 이미 출입 허용하였으니, 시대 정신으로 보나 실제적 논리로 보나 우이령길 통행을 묶은 당초의 사유는 해소되었다. 처음 취지와 무관한 환경보호 빌미로 완전 개방을 반대하기도 하나, 이는 다만 관리 방법의 문제일 수도 있다. 게다가 그 자연보호 대상이 왜 하필 거지반 반세기나 지나치게 구속한 우이령길이어야만 하나.

북한산과 도봉산은 수도권 시민들의 건강과 정서에 자연이 건넨 소중한 선물이다. 그렇기는 하나 꽤 높고 험한 편이라서 노인들의 접근이 쉽지 않다. 우이령길을 자유롭게 수시로 걷게 허락한다면, 급증하는 노년 인구의 건강과 여가에 큰 보탬이 되겠다. 손주가 늙은 할아버지 손잡고 걷는, 맨발에 마사토 착착 붙는 기분 좋은 감각의 우이령길 상상하면 마음 흐뭇하다. 새벽 안개 헤치며 그 길을 걷고 싶다. 눈 쌓인 새벽 숫길에 발

자욱 남기며 우이령고개를 넘고 싶다.

　양주시 장흥면 주최로 "2018 우이령길 범시민 건강걷기대회"가 있다기에, 지난주 하루동안 통제 풀린 그 길을 학생들과 걸었다. 양주시장과 지역구 국회의원을 비롯하여 기관·단체 인사들과 많은 주민들이 함께 걸었다. 고갯마루에서 우이령길의 환경보호와 완전 개방에 애쓰자는 다짐을 두었다. 소통의 시대정신에 맞추어, 우이령길 그 아름다운 힐링 코스를 시민들에게 돌려주기 바란다. (2018.11.08.)

도봉에서 찾는 삶의 좌표

도봉산 신선대에 서면 동쪽 만장봉과 남쪽 우이암, 서쪽 오봉능선과 북으로 포대능선이 모두 빼어나게 우뚝하다. 산세와 기운도 영험해서 골골은 물론 망월사처럼 높다란 곳까지 절집이 앉아있다. 도봉산의 '도봉(道峯)'은 고려시대 971년 여주 고달사에 세운 원종대사탑비에 등장할 만큼 오래된 지명이다. 비문에 언급된 절 이름 도봉원(道峯院)이나 그 비슷한 이름 도봉사보다 그 절집 앉은 산과 봉우리 이름은 더 오래되었을 터다. 도봉산은 왜 도봉(道峯)일까. 공기 탁해진 오늘날에도 옛 광주 땅 강남은 물론 북으로 파주 감악산에서까지 잘 보이니, 천 년 넘게 한수이북 사람들에게 우뚝한(峯) 하나의 이정표(道)였다.

도봉이나 자운, 선인, 신선 같은 말은 도교적이다. 유교 불교는 물론 기독교도 가야 할 길 '도(道)'를 말하지만, 본래 도(道)는 도교 개념이다. 원시유학은 전국시대까지 예절과 충효의 통치

이념으로, 백가 중 하나였을 뿐이다. 이 실용이 도교와 불교에 자극 받아 송나라 때 성리학으로 발전한다. 예전에 없던 심성과 우주를 다루며 도학으로 발전한다. 낯선 땅 중국에 들어온 불교가 토종 노장사상을 포용하니, 이를 격의불교라 한다. 자운봉의 보랏빛 구름 자운(紫雲)은 서왕모가 타고 다니는 구름 자운거(紫雲車)에 닿는다. 곤륜산 자청전에 사는 그녀가 불사의 천도복숭아를 들고 한나라 무제 만나러 갈 때 이 보랏빛 구름수레를 탔다.

갑골문 권위자 시라카와 교수는 한자 '도(道)'를 적의 머리(首) 잘라 들고 감(行 → 辶)이라 풀었다. 미지의 두려운 발길을 벽사의 기운에 기대 개척하며 나아가는 것이다. 길(道)은 대지 중에서 골라 걸어야 할 곳이다. 그러나 혼자서만 걸으면 그곳은 결코 길이 될 수 없다. 다른 이들과 함께 걸어야만 비로소 들이나 숲에 길이 생긴다. 이를 확장하면 길, 도(道)는 사람들이 함께 해야 할 일과 마음이다. 개인은 물론 사회가 추구해야 할 마땅한 가치이다.

내가 걷는 곳이 길인지, 어디쯤인지 쉬 알 수 없다. 좁은 운동장에서도 지향점이 없으면 걸음이 흔들린다. 좌표도 허황하다. 앞뒤와 좌우 동서남북 정하고, 차원 넣어 위아래를 더해도

불확실하다. 어떤 천문대를 기준으로 경위를 따지지만, 이 '지
구적 위치파악 시스템'(GPS)도 다만 지구 안에서의 놀음일 뿐이
다. 나의 좌표는 어디인가. 살다 보면 길을 잃어 어쩔 줄 모를
때가 있다. 끝이 보이지 않아 옴짝달싹할 수 없고, 잘못 가서
좌절하기도 한다. 목적지는 있는데 어디로 걸어야 그곳에 닿을
지 방향을 모른다. 우뚝한 봉오리 하나 간절하다.

출근길 동부순환로나 동일로 지날 때 도봉산 자운봉 보며 하
루를 가다듬는다. 퇴근길 지친 몸의 귀갓길에도 자운봉에 드리
운 저녁노을 보랏빛 서기에 간난의 마음 편안히 눕인다. 요즘
처럼 가을 아침이면 때때로 안개와 구름에 가려 그 헌앙한 자
태 보이지 않기도 하지만, 그렇더라도 거기 도봉산과 자운봉
우뚝함을 믿어 의심치 않는다. 도봉산은 경기 북부에서 잠들거
나 밥 버는 사람들에게 늘 삶의 길(道)로서 희망이며 위안이다.

자운봉의 보랏빛 구름은 아무래도 아침 노을이라기보다 저녁 노을 곧 황혼이다. 도봉산 오봉 아래로 반나마 잠긴 붉은 기운이 자운봉 구름을 울려 연출한 황홀이다. 도봉산 동쪽 수락산 동봉(東峯) 아래, 그 서쪽 골짜기에 살던 서계(西溪) 박세당도 저녁나절 청마루 앉아 자운봉 바라보며 나날의 삶 바루었을 터다. 가을 하늘이 한층 높아졌다. 눈 들어 하늘 보고 삶의 좌표 도봉을 찾자. (2022.10.19.)

삼밭골의 천일홍 축제

바느질 흔적 없는 하늘나라 선녀님 옷을 "천의무봉(天衣無縫)하다" 표현하겠다. 그러나 요즘은 별별 인조 옷감과 제직기술 발달로 바느질 없음 곧 '무봉'은 더 이상 특별하지 않게 되었다. 직물과 편물은 전통방식의 옷감이다. '베짤 직'(織)자 직물(fabric)은 날실과 씨실을 직각으로 교차해 넣어 베틀에서 짠 옷감이다. '엮을 편'(編)자 편물(knit)은 실로 코를 짓고, 뜨개질로 전후 좌우를 엮은 옷감이다. 직물을 짜는 베틀은 한자로 '기'(機, 베틀기)인데, 먼 옛날 이 베틀은 대단한 물건이었다. 그래서 소중한 베틀 간수하듯 감출 것이 기밀(機密)이고, "베틀만 접한다면!" 하는 바람이 기회(機會)이며, 베틀처럼 알아서 돌아가면 이를 유기적(有機的)이라 한다.

삼베(베, 마포)는 삼 또는 마(대마)라는 한해살이풀 껍질을 실로 삼아 베틀에서 짠 옷감이다. 삼베는 한자로 마(麻) 또는 갈(褐)인데, 갈색은 이 갈(褐)의 때깔이다. 지금으로부터 100여 년 전 조선시대만 해도 가장 대중적이던 옷감이 삼베이다. 당연히 그 원료인 삼(한자 마[麻]) 재배도 성해서, 전국 어디든 마을마다 삼밭 없는 곳이 없었다. 전국에 흔한 삼밭골이나 삼밭굴은 동네가 온통 삼밭이라 붙은 지명이다. 이를 한자화하면 마전(麻田)인데, 경기 북부에도 이러한 지명이 많다. 연천군 미산면 일원의 조선시대 지명은 마전군(麻田郡)이었다. 고구려 때 마전천현(麻田淺縣)이다가, 고려 초부터 마전(麻田)이라 불린 유서 깊고 넓은 삼밭이다. 포천시 가산면 마전리에는 삼밭골이, 양주시 광적면 비암리에는 삼박골이 있다. 다 삼밭의 잔재이다.

동두천 남쪽 칠봉산과 양주 천보산이 회암사지 뒤에서 서쪽을 향해 고주내를 두 팔로 감싸고 있다. 그 천보산 줄기가 녹양역 동편 중랑천 건너, 의정부 하동촌과 양주 암매교차로에서 멈춘다. 의정부 금오동 뒤 천보산 정상에서 그 북서 산록을 포함한 너른 벌판, 양주시청까지의 중랑천 동편이 모두 마전동이다. 이 마전동(麻田洞)의 옛 지명이 '삼밭골'이다. 대마농사 삼밭이 많아 삼밭굴이라 불렸고, 일제 때까지도 재배가 성하였다.

2017년 말 양주시가 양주역 동편 남방동 일부와 중랑천 건너 마전동에 경기북부 테크노밸리를 유치했다. 장치 첨단

(techno) 섬유·패션과 전기·전자 산업단지로 개발되는데, 첨단 산업이 제조업을 밀어내는 것이 아니라 융합을 통한 새로운 산업모델이 만들어질 것으로 기대된다. 지난해 말 국토교통부 산업입지 정책심의회에서 30만 1천㎡ 규모 산업단지 물량을 배정받아 행정절차도 마무리되었다. 전래의 옷감 삼베 생산지 '삼밭골' 마전동이 21세기 첨단 섬유산업단지로 대변신하는 것이다.

한편 테크노밸리와 함께 양주의 신성장 동력 중 하나가 될 양주역세권 개발도 지난해 12월 착공식을 가졌다. 양주역 인근 64만여 평 규모의 행정·업무·주거지가 2024년 완공된다. 양주역세권 동편에 위치할 마전동 테크노밸리와 함께, 바야흐로 이 지역은 일자리와 문화·교통 인프라를 고루 갖춘 매력적 주거지가 될 터이다. 삼밭골은 마침 의정부와 양주의 접경이라서, 장차 실현될지 모를 경기북부 분도나 의양동(의정부·양주·동두천) 통합에서도 일정 구심점이 되겠다. 언론보도에 따르면 테크노밸리 본격 가동 시 2만 3천여 일자리와 2조 원의 직접적 경제효과 창출이 예상된다.

가을이면 양주 광사동 나리공원 찾아 '천만송이 천일홍축제'를 즐긴다. 푸른 하늘과 옅은 새털구름 아래 분홍, 보라, 빨강

색색 천일홍 무더기와 말쑥 고고한 붉은 칸나, 은은한 핑크뮬리는 모두 강렬한 아름다움이다. 수십만 인파가 몰리니 지역경제에도 꽤 도움이 되는 것 같다. 이곳 나리공원 빙 둘러 삼밭을 조성하면 어떨까? 마전동에 딱 붙은 광사동도 말하자면 삼밭골이다. 기왕에 양주가 섬유산업으로 유명세를 탔으니, 지명 유래와 지역 축제, 테크노밸리 첨단 섬유산업을 하나로 관통하는 콘텐츠가 삼밭 아닐까. 아예 뽕나무밭도 조성하고, 목화밭도 늘렸으면 좋겠다. 이 셋은 전통 섬유산업의 상징이다.

(2020.02.10.)

면면히 흐르는 두험천 걸으며

중랑구청 홈페이지에는 망우로에 놓인 다리 중랑교의 예전 건설공사 사진이 있다. 안내 표지판의 「공사명 중량교 가설, 착공연월 1966년 3월」이란 표기가 당시 다리 이름이 '중랑교' 아닌 '중량교'였음을 증명한다. 1980년대 전반까지도 '중량천'과 '중량교'가 대세여서, 시내버스 노선 표시나 안내양의 외침도 모두 '중량교'였다. 그러던 것이 1988년 중랑구청(中浪區廳) 설치 후 중랑천과 중랑교로 온전히 굳어버렸다. 자료 들춰보니 오늘날의 지명 '중랑천'은 그 역사성이 매우 희박하다.

조선왕조실록의 '중량' 내지 '중랑'은 개울이 아니었다. 지금의 서울 월릉교와 장안교 사이에 있던 포구 이름이다. 1417년 (태종 17) '中良浦(중량포)'로 처음 등장한 이 포구의 한자 표기는 이 밖에 忠良(충량)과 中梁(중량)으로도 보이는데, 그중 中梁이 가장 많이 쓰였다. 포구 이름이긴 하지만 아무튼 오늘날의 표기 中

浪(중랑)은 1788년(정조 12)과 1884년(고종 21) 딱 두 번 보인다. 개울(川)로 표기한 경우는 영조임금 행장에 중랑천 아닌 중량천(中梁川)으로 딱 한 번 나타난다.

한 지점 포구가 왜 기다란 개울로 변하였고, 글자도 '물결 랑(浪)'자 중랑천(中浪川)으로 바뀌었는지 알 수 없으나, 아무튼 이 말은 일제 강점기에 처음 등장한 것으로 판단된다. 문제는 경기도 양주에서 발원하여 한강에 이르는 이 하천에 조선시대 내내 다른 이름들이 뚜렷이 있었다는 점이다. 발원지 양주 불곡산에서 의정부까지는 두험천(豆驗川), 도봉동에서 창동까지는 서원천, 그 아래 하계동 쯤 곧 성저십리에서는 한천, 그리고 '포구 중랑' 바로 위의 월릉교 어름에서는 송계천 또는 속계로 불렸다.

의정부에는 과거의 개울 이름 두험천 관련 지명이 있었거나 여직도 남아 있다. 포천 가는 양주교는 일제 강점기에 두험내(川)다리였다. 그 다리 서편에는 동대문에서 나와 함경도로 가는 북발의 첫 번째 파발막이 두험처참이 있었다. 이 파발막 주변에 형성된 마을 파발막리는 1914년 일본의 행정구역 개편 때 의정부동에 편입되었다. 의정부제일시장 동쪽에는 큰 웅덩이 두험소(沼)가 있었다. 이처럼 두험천은 불과 백 년 전까지만 해도 경기 양주에 살아 있던 지명이다. 지금은 파발막 두험천참에 기댄 지명 파발교차로가 있다.

중랑천은 발원지 양주 불곡산에서 의정부까지 구간이 지방하천, 그 아래 서울 구간은 국가하천이다. 두산백과사전은 중랑천에 대해「양주에서 발원하여 의정부를 지나 한강으로 흘러드는 길이 20km의 하천」이라 하였고, 다른 사전은 '유로연장 34.8㎞'라고도 적었다. 전자는 국가하천만, 후자는 지방하천까지를 포함한 것이다. 하천법은 하천을 국가하천과 지방하천으로 구분하고, 국가하천은 환경부장관, 지방하천은 시도지사가 관리한다. 그래서 경기도지사가 작정만 하면 지방하천 중랑천의 '두험천'으로 개명은 그리 어렵지 않으리라.

두험천 면면히 흐르는 옛 양주 사람 필자는 역사성 희박한 이름 '중랑천'이 마음에서 불편하다. 거의 모든 기록과 고지도에 뚜렷한 두험천 두고, 포구 이름인데다 한자까지 다른 '中浪川(중랑천)'으로 불러야 한다니! 어쩌면 지명 두험천의 연원은 장차 고려시대까지로 소급할 수 있을지도 모른다. 올해 지방자치

민선 8기가 출범하였다. 이쯤에서 저간의 지방자치 성과를 추스르며, 지역마다의 고유한 전통과 역사에 더 많은 관심을 기울였으면 좋겠다. 유장한 역사 지닌 두험천 소풍길을 걷고 싶다. (2022.08.24.)

번지수 잃어가는 역사의 현장

조선시대 이래 우리나라 지명은 크게 두 번 변하였다. 조선 태종은 1413년 고려시대 군현제 타파로 통치체제를 완비한다. 오늘날의 시·군 지명에는 이때의 변화가 대부분 그대로 남아 있는데, 가장 두드러진 특징은 지명의 '-주(州)'를 -천(川)이나 -산(山)으로 바꾼 것이다. 인주·춘주가 인천·춘천으로, 울주·아주가 울산·아산으로 바뀐 경우를 예로 들 수 있다. 또 한 번의 변화는 일제강점기에 불순한 의도로 진행되었다. 1914년 행정구역을 개편하면서 일제는 317개 군을 220개로, 4천322개 면은 2천518개로 줄였다. 이 행정구역 통폐합 과정에서 전래의 지명이 많이 사라졌고, 그에 따라 지역 문화와 전설도 지워졌다.

필자가 사는 의정부를 예로 들면 이전의 시북면과 둔야면을 통합해 시둔면으로, 시북면의 금곡리와 서오리를 합하여 금오리로 만드는 식이었다. 오늘날은 이때 생긴 금오리를 인근 자일리와 합하여 자금동이라는 행정동으로 부른다. 일제의 행정구역 통합에 따라 새로 생긴 지명 대부분은 이전의 서로 다른 지명에서 한 글자씩 취해 조합하는, 이른바 의준지명(擬準地名)이다. 그러나 당연하지만, 지금 정부도 가끔 사용하는 이 지명 부여 방식에서는 어떤 역사나 문화적 맥락을 찾을 수 없다. 관료들이 그냥 책상 앞에 앉아 아무런 고민 없이 만든 것이다.

정부는 2014년 도로명주소 제도를 전면 시행하였다. 이 우편행정 변화는 주소 표기를 '동·리 + 지번' 방식에서 '도로명 + 건물·시설 번호' 방식으로 바꾼 것이다. 법정동 표기를 빼고 도로 이름을 넣었다. 지번주소에서 도로명주소로의 변경에는 물론 논리가 있다. 이 제도를 대부분의 나라가 채택하고 있으며, 지번이 질서 잃고 흐트러져 목적지를 찾기 어렵다는 점 등이다. 그렇지만 필자는 도로명주소로 인해 잃는 것이 그로 인해 얻는 편리보다 더 많다고 본다. 주소만 해도 요즘은 누구든 휴대폰 내비게이션으로 손쉽게 찾을 수 있다. 불규칙한 지번은 아무런 문제가 아닌 때이다. 반대로 주소에서 동네 이름(법정동)이 사라지자 사람들은 자신이 사는 땅 이름을 잃게 되었다. 과연 전통과 역사와 문화의 뿌리를 뽑으면서까지 국제적 표준 좇을 필요가 있나.

지명에는 거기 살았던 선조들의 생각과 풍속과 생활이 담겨 있다. 과거의 자연환경과 거리가 있고, 전란과 사건도 간직하고 있다. 크고 작은 땅이름들을 조합해 더듬으면, 히스토리가 드러나고 스토리도 만들 수 있다. 무엇보다도 지명이 품은 이러한 요소들은 과거와 현재를 이어준다. 그 땅에 사는 사람들에게 존재 의미를 부여하고 애착도 심어준다. 존재에서 생각이 나오듯, 땅이름이 지워지면 역사적, 인문적, 풍속적 상상력도 함께 증발한다. 그래서 필자는 법정동이라는 이름과 지번을 지운 새로운 도로명주소가 불편하다. 심하게 말하면 가문과 개인이 지워지는 느낌이다.

지번이 일제의 토지조사 과정에서 생긴 것이기는 하나, 지번으로 하여 이전의 역사적 존재나 사건의 정확한 위치를 특정할 수 있었다. 이전에 다소 애매했던 지정적 위치도 지번 부여로 보다 구체화되어 남게 되었으리라. 필자가 지역사에 관심 기울여 보니, 이전 시기의 지번으로 표기된 문화역사적 위치도 도로명주소로 대체되는 중이다. 1914년 일제가 지역과 마을 이름을 많이 지웠는데, 장차는 도로명주소 때문에 역사적 위치 비정에 어려움을 겪을 것 같다. 지역의 역사성과 정체성이 크게 흐려질까 염려된다. 지번주소 체제로 되돌릴 수 없다면, 최소한 역사 기록에는 지번을 병기하는 공공기관의 배려가 요구된다. (2022.11.16.)

찾지 못한 지역사료 인터넷에 넘쳐

새벽에 눈 뜨고 뒤척이며 유튜브 보는 재미 솔찮다. 요즘은 한반도 '땅의 역사' 되짚는 어느 기자의 콘텐츠를 자주 본다. 어떻게 저런 걸 찾았을까 싶게, 아퀴 지어 내놓는 새롭고 명쾌한 거증과 시각에 찬탄을 금할 수 없다. 학계나 종중 같은 곳의 저항 크겠어 염려도 된다. 그만큼 종횡무진 파헤친 거짓과 선동들이 적나라하다. 언제 물었더니, 증거 뚜렷해서 염려할 바 아니라 한다. 그런데 이 유튜버의 대학 전공은 뜻밖에 사학이 아닌 사회학이다.

얼마 전에는 광화문 앞 월대의 부족한 역사성을 질타하였다. 처음 설치가 고종 연간인데, 이를 세종 때라고 우긴다 한다. 월대가 왕실과의 거리감을 더했다면 모를까, '소통공간 복원'이라는 취지 설명이 말장난인 이유도 덧붙인다. 정동진(正東津)도 짚는다. 강릉시는 『조선의 정궁 경복궁 광화문을 기준으로 동쪽 끝이라 정동진』이라 설명한다. 기자는 삼일포매향비 탁본에 언급된 '1309년 정동촌(正東村)'을 들이댄다. 개성에 도읍한 고려 때 지명이란 뜻이다. 삼척부사 지낸 허목이 『춘분에 동쪽을 바라보면 해가 정중앙에 떠서 정동촌』이라 한 기록으로 못을 박는다.

헛돈 쓴 광화문 월대 복원이나, 자치단체 홍보 정동진 얘기는 중요하지 않을 수 있다. 그러나 역사문화 주무르기는, 거기 이념이나 정치적 목적이 작용하지 않았는지 잘 살펴야 한다. 그래서 '땅의 역사' 박종인 기자의 비판이 빛난다. 그에게는 사학계 원로학자, 역사인문학 저자, TV 인기 강사 같은 이들이 대거리 나서질 않는다. 호찌민이 목민심서 읽었다는 거짓말 만들어 확대하고, 일본말 '세-노'로 서정성 짙은 '세노야' 노랫말 지은 시인도 침묵한다.

의정부 사는 필자는 몇 해 전부터 지역사에 관심을 두었다. 서울 직장생활이 바빠 무관심했던 이웃과 동네가 궁금해졌다. 지역 발간물을 읽다 보니 아퀴 맞지 않거나 빈 구석, 근거 모를 것들이 눈에 띄었다. 처음에 전설이라 하다가 차츰 사실로 굳는 어떤 흐름도 감지된다. 설화라고 눙치면서 완전한 허구를 만든 경우도 보였다 이 좋게 봐줘도 오류인 것들은 특히 유려

한 집안들 관련하여 두드러졌다.

필자가 확인한 사실도 더러 있다. '의정부' 지명 등장 시기를 근 200년 당겨 1592년으로 올렸다. 지명 '의정부' 유래 설명할 합리적 논거도 강화하였다. 유래를 알 수 없던 지명과 잘못된 지칭들도 드러냈다. 잊힌 인물 드러내자, 반대로 과포장도 보였다. 얽히고설킨 인물과 집안 관계도 읽힌다. 이윽고 지역 정체성 강화를 위해 집중해야 할 포인트도 짚을 수 있을 것 같다.

집단지성이 빛을 발할 때이다. 사료는 더 이상 전문가 손에 묶여있지 않다. 원문과 번역문을 나란히 놓은 원전 인터넷에 널렸다. 조선왕조실록, 승정원일기는 한참 전 일찌감치 개방되었다. 한국역사정보통합시스템, 한국사데이터베이스 같은 데는 자료를 모아서 서비스한다. 한국고전종합DB, 장서각 기록유산DB, 규장각 역사지리정보, 지적아카이브, 뉴스라이브러리… 번역문이 있어 한문을 몰라도 된다. 독자께서도 들어가 보시길 권한다.

전문가라는 권위에 기대 '부족한 논리와 근거'로는 주장할 수 없는 때이다. 시민이 나서 역사문화를 새롭게 발굴, 보정, 비판하는 때이다. 사학계는 지역 역사에 그다지 관심을 두지 않는다. 그래서 더러 잘못된 것도 있고, 채워야 할 것도 많다. 고칠 것은 많으며, 시민들이 약간만 관심 기울여도 집단지성으로 성과를 낼 수 있다. 더 중요한 것은, 이러한 개개의 노력이 그대로 자기 고장에 대한 애정을 증폭시킨다는 점이다.

(2023.11.09.)

향토사가 가치 있는 이유

요즘은 '지방시대'라는 말이 흔하게 쓰인다. 지방자치가 부활한 지 어언 27년이라는 시간이 흐르며 어느 정도 정착해 이제는 지방분권을 구가하는 시절이 되었다. 그러나 주변을 둘러보면 '과연 이 말이 맞을까?' 하는 의문도 든다. 현실적으로 지금 지방에는 인구소멸 위기를 맞은 도시가 한두 곳이 아닐 정도로 고향, 향토를 떠나는 사람이 늘고 있다. 예로부터 사람이 몰리던 수도권도 이 위기를 피하지 못하고 인구 소멸 위기 경고가 울린 곳이 생겨나고 있다. 어쩌면 이는 저출산 시대의 당연한 현상일지도 모른다.

하지만 조금 깊이 들여다보면 지방이 진정 위기를 맞은 것은 인구가 아니라 애향심이라고 생각된다. 젊은 나이에 고향을 떠나 타지에서 뿌리를 내리고 살다 보면 그곳이 또 다른 의미의 고향이 된다. 중요한 건 어느 곳에 살든 그곳에 애정을 가지고 그곳의 역사를 알고 그곳만의 유서 깊은 문화를 향유하려는 자세일 것이다. 향토문화와 역사가 중요하고 가치 있는 이유이다.

아이러니하게도 지방자치시대가 열리면서 향토사와 향토문화에 대한 관심은 오히려 시들해지고 있다. 향토사학자들은 이를 두고 지역의 정체성이 사라진다며 아쉬움과 안타까움을 감추지 못하고 있다. 지역 정체성은 그 지역 주민들만의 독특한 생활양식으로 지역의 자연환경과 인문환경, 역사적 경험 속에서 어우러져 살 때 비로소 갖춰진다. 지역의 정체성이 사라진다면 향토 문화와 역사가 소멸해, 끝내는 우리 민족사와 문화의 다양성마저 사라지는 위기를 맞게 된다. 이 위기를 막기 위해서는 향토 문화와 역사가 올바로 정립돼야 한다. 이제라도 늦지 않았다고 생각한다. 지금이라도 자그마한 실천부터 시작하면 우리의 소중한 향토 문화와 역사를 지킬 수 있다고 믿는다.

의정부문화원에서는 지역 성인들을 대상으로 '걸음마' 운동을 전개하고 있다. 걸음마란 '걸으면서 음미하는 마을 이야기'를 줄인 말이다. 40~70대 성인들을 모아 의정부 곳곳을 걸으며 지역마다 숨겨진 유래와 역사, 문화 이야기를 들려주는 훨

동이다. 처음엔 호기심에서 발걸음 했다가 점점 역사의 재미
에 빠져 공부의 깊이를 더해가는 이들도 생겨나고 있다. 물론
다들 그런 건 아니지만, 적어도 향토사가 왜 필요한지를 깨달
아 간다는 게 의미가 있다고 본다. 이렇게 배운 향토사와 향토
문화는 애향심과 지역 정체성을 정립하는 중요한 역할을 한다.
내가 태어나서 자란 곳을 알면 애정을 갖게 되고 타지에 나가
살더라도 고향에 대한 정체성을 잃지 않게 된다. 걸음마 운동
은 생각보다 좋은 반응을 얻고 있고, 무엇보다 외지인들도 차
츰 관심을 보이는 계기가 되고 있다. 타지에서 나고 자랐지만,
이러한 교육이 필요하다는 데 공감하기 때문이다. 조금 늦었지
만 이제야 비로소 의정부 시민이 된 느낌이라는 걸음마 참가자
의 소회가 그래서 의미 있다.

이러한 활동이 더욱 활발해지기 위해서는 지자체의 노력도
필요하다. 향토 문화와 역사 연구를 활성화하기 위해 각종 지
원을 아끼지 말아야 할 것이다. 시급한 건 향토사를 기르칠 만
한 인재를 길러내는 일일 것이다. 향토사에 몸담은 사람은 생
각보다 그리 많지 않으며 그 수는 차츰 줄어들고 있다. 향토의
역사와 문화를 증언해 주고 연구하는 분들은 대부분 고령인 데
다 그마저 시간이 갈수록 줄고 있다. 향토사와 문화 연구를 활
성화해 새로운 연구자를 양성, 이를 체계화하는 작업이 필요하

다고 생각한다. 여러 기관에서 활동하는 신진 연구자들의 연구 성과를 포상하는 방안도 좋은 방법이 될 수 있을 것으로 보인다. 현재 대학과 공공기관이 향토사에 관심을 보이면서 조금씩 환경이 나아지고 있어 한결 마음이 놓이긴 하나 정부와 지자체가 진정한 지방시대를 만들기 위해서는 더 많은 관심과 지원이 필요하다고 생각한다. (2022.08.31.)

녹양목장, 녹양의 구석쟁이

전철 1호선 녹양역의 '녹양(綠楊)'은 푸른 버들이다. 그래서 광장에 심은 십여 그루 큰 소나무는 이질적이다. 갯버들 심어도 될 것을, 지명과 무관하고 비싼 소나무 심어 하는 말이다. 한편 '버들 류(柳)'는 휘청휘청 가지 늘어진 큰 버

드나무, '버들 양(楊)'은 냇가의 키 작고 예쁜 버들강아지 '갯버들'이다. 그런데 '버드나무 양(楊)'은 이를 이두로 보아 '벌판, 들'로 푸는 예가 많다. 그러면 '綠楊'은 푸른 벌판이다. 여기에 말목장 있었다 하지 않던가.

녹양역은 2006년 개설되었다. 그러나 이 역과 최소 팔백 년 전 고려시대 녹양역 위치가 서로 같은지는 알 수 없다. 역 곧 역원은 공문서나 공공물자 우송, 사신이나 관리들 여행 편의 제공을 위해 만든 시스템이다. 조선시대 녹양역 위치는 서울 돈화문 밖 42리(태종 15년 기록)라 하였는데, 그러면 지금의 의정부시 녹양동 일대가 된다.

사료에서 '녹양'은 녹양역 외에 말목장(녹양목장)과 군사훈련장(녹양평. '평'은 坪·平, 原·郊·場으로도 썼다)도 있었다. 한편 조선왕조실록에는 '녹양장 안 광제원'이 여러 차례 등장한다. 1485년 성종 16년 3월 7일 기사에는『녹양장 내에 광인원, 광제원과 민가 10여 호가 있다』하였다. 또 동국여지지(1656)에는『녹양역은 주(州, 관아) 남쪽 10리, 광제원은 주 남쪽 35리, 광인원은 주 남쪽 30리에 있다.』하였다. 광제원은 어디에 있었을까?

녹양장 안에 있었다는 광제원 위치가 오랫동안 궁금하였다. 결론부터 말하면, 광제원 위치는 지금 도봉구의 지하철 1호선 도봉역 어름으로 추정된다. 옛 어른의 묘비에서 단서를 찾았으므로 이렇게 단정적으로 말할 수 있다. 도봉산 산자락에 세종대왕 아들 영해군의 후손 묘역이 있다. 영해군 손자 은계군 이 말숙(李末叔 1507~1577)의 묘도 인근 도봉동 산77-7, 도봉초등학교 북서쪽 470미터쯤에 있다. 그런데 이분 묘지명에 이르기를 『공의 휘는 말숙, (중략) 양주 치소 남쪽 광제원 뒤 골짜기 언덕에 장사지냈다.』 하였다. 이 어른 묘에서 동으로 무수천 따라 내려오면 도봉역이다. 그 인근에 광제원이 있었을 것이다.

이렇게 '조선시대 녹양' 권역을 남쪽 우이천 천변까지 확장해 놓고, 다른 거증을 추가한다. 조선왕조실록 세조 13년 (1467.8.15.)조에 『녹양진(陣)에서 장실한 자 1,060인을 가려 뽑았다』는 기록이 보인다. 한편 만기요람에는 북한산성 속둔 넷을 꼽는데, 그중 갑사둔이 양주 누원(樓院)에 있다 하였다. 누원은 오늘날 도봉구 도봉산역 맞은편에 있었던 역원 다락원을 가리킨다. 그 어름에서 궁궐 지키는 갑사(甲士)를 양성하였으리라.

연산군(11년. 1505.1.2.)조에 흥미로운 기사 보인다. 『내일 밤 전관(箭串)과 녹양(綠楊)에 성산화를 놓아라』라 하였다. 성산화(星散火)는 불꽃놀이 비슷한 놀음이다. 알다시피 '전관'은 성동구 성수동 살곶이다리 일대이다. 그러면 함께 언급된 '녹양'은 어디일까? 연산군이 볼 수 없는, 지금의 의정부시 일원에 불 놓으라 했을까? 궁궐에서도 관찰될 만한 곳이겠다. 오늘날의 월계동 내지 창동쯤, 우이천 냇가에 불 놓았을 것으로 추정함이 합리적이다. 이로써 녹양의 남쪽 끄트머리가 어디쯤일지 대충 추정할 수 있으리라.

고려 때부터 조선 말까지 존재한 지명 '녹양'은, 의정부시 북쪽 끄트머리 지금의 녹양동에서 남으로는 서울 강북구 창동과 월계동까지였다. 대단한 브랜드이다. 의정부가 이 큰 지명이 지닌 역사적 가치를 심사숙고하면 좋겠다. 녹양역 광장에는 조선시대 말목장을 상정해 말과 망아지 동상을 세워 놓았다. 그런데 이 기념물은 녹양목장의 안내일뿐 아니라, 동시에 이곳이 '녹양' 권역의 북쪽 끄트머리였음을 가리킨다.

양주 금화정의 '유양' 소회

경기 양주시 소재 옛 양주목 관아지 일대가 유양동(維楊洞)이다. 관아 뒷배가 불곡산인데, 그 남쪽 유양동에는 풍광 좋다는 유양팔경(維楊八景)이 있다. 관아 뒤에도 그중 하나 금화정(金華亭)이 있다. 정자에 앉아 지명 '유양'을 생각해 본다. 1914년 일제강점기에 생긴 이 지명을 추적하니, 그 말년 팔자가 퍽 애처롭다. 사람들이 알아주지 않을 뿐 아니라, 내력조차도 모른다.

1789년(정조 13) 호구조사 기록에는 현 유양동 일대 마을로 부

군리(관아의 부군당), 홍문리(관아 홍살문), 향교리, 원사리, 빙고리 등이 보인다. 그런데 아무리 뒤져도 왜 이곳이 유양리(維楊里)가 되었는지 밝힌 데는 없다. 뜬금없이 어느날 갑자기 등장한다. 게다가 과거 이 '유양'이 어떤 무게를 지녔었는지 더듬는 학자도 찾기 힘들다. 지명 '유양'이 조선왕조실록, 승정원일기, 비변사등록은 물론 옛 전적에 수없이 보이는 데도 말이다.

조선시대 '유양'의 권역이 어디였는지 몇몇 기록을 살펴보자. 헌종비 명성왕후 돌아가 지은 애책문에서는 구리시 동구릉 소재 숭릉 일대를 가리켰다. 김창협의 농암집에 실린 석실서원 사제문에서는 서원이 위치한 한강 강가, 지금의 남양주시 수석동 일대를 그리 불렀다. 퇴계 이황의 형 이해(李瀣) 신도비는 지금의 쌍문역 인근을 유양으로 적었다. 유배 가던 중 그곳에서 졸하였다. 남익룡의 부상일록은 선영 위치한 남양주시 청학동 수락산 일대를 일컬었다. 홍직필의 매산집에는 '유양(維楊)의 이담(伊潭)'이란 표기가 보인다. 동두천시 가리키는 '이담'은 옛 양주목 땅이었다.

지금 양주지 유양동을 이르는 말 '유양'은 이처럼 양주시는 물론, 서울 강북의 여러 구를 포함하여 남양주시, 구리시, 의정부시, 동두천시 등 옛 양주목 전역의 지칭이었다. '어조사 유

(維)’는 감탄사이다. 또 주저주저하며 조심스럽게 대상의 격을 높이는 접두사였다. 이 높임의 대표적 표현이, 제사 지낼 때 축문 첫머리에 나오는 유세차(維歲次)의 ‘유(維)’이다.

그러면 조선시대에 다른 지명에도 이처럼 ‘유(維)’자 붙인 사례가 또 있을까? 조선의 큰 도회에 5개 부(府), 4개 유수부, 5개 대도호부와 20개 단부(주[州] ○州牧)가 있었다. 그렇지만 고을 이름 앞에 ‘유(維)’를 붙인 경우는 ‘양주목’이 유일하다. 그 외에는 지금 서울 강남 일대와 하남시·광주시가 된 옛 광주(廣州)를 ‘유광(維廣)’이라 한 사례가 두어 차례 보일 뿐이다.

신기하기는 이 ‘유○주’ 표현이 중국의 격조 높았던 도회 양주(揚州)와 그 속현 광주(廣州)에서도 관찰된다는 점이다. 지면 관계로 길게 설명할 수는 없으나, 필자는 이 사례가 조선에 어떤 식으로든 영향을 끼쳤으리라 추정한다. 다만 조선은 양주(楊州)요 중국은 양주(揚州)로 한자 한 글자가 다를 뿐이다. 아무튼 ‘유양’이란 “아~ 저 존귀한 양주 땅” 정도의 한껏 높임이다. ‘유양’은 과거 ‘대(大)양주목’에 대한 영예로운 경칭이었다. 왕실 능묘가 몰려 있고, 나라의 종요로운 기전(畿甸)이라서 조정과 백성이 모두 함께 올려 준 영예로운 헌사이다.

　오늘날 양주시에서 매우 협소한 동네 이름으로 소비되는 '유양'이, 사실은 근 100여 년 전으로만 거슬러 올라가도 양주목 전역을 가리켰다. 그러므로 '유양'은 또, 양주시가 과거의 대-양주를 염두에 두고 '예전의 양주목 권역에 소재한' 지방자치단체들과 여러 사업을 도모할 때 적극 활용해야 할 소중한 브랜드이다. 양주시가 시정에 이 점을 감안하면 좋겠다. 양주관아터 일원의 오늘날 '유양동' 지명은, 1914년 일본의 조선총독부가 대충 만들어 붙였다.

참척, 자식 잃은 슬픔

의정부문화원 지역사 강좌 '걸음마'를 오래 운영하였다. 역사 현장을 '걸으면서 음미하는 마을' 이야기이다. 의정부시 금오동에 특히 사연이 많아, 파안대소할 유쾌한 만남과 금할 수 없는 비분 등을 두루 갖췄다. 이곳은 한양에서 함경도로 빠지는 경흥대로 길목으로, 평지 걷다가 바야흐로 구불구불 축석고개 오르는 험로의 초입이다. 금강산이나 포천의 명산 찾는 유람객 지나는지라 주막거리도 흥청거렸다. 추사 김정희 일행의 비 내리는 날 술자리 서정도 보인다. 그런가 하면 효종의 수양딸로 청나라 십징 도르곤에게 출가한 의순공주 묘가 있고, 애잔한 전설도 떠돈다. 6·25 종전 후 주둔한 미군 부대와 거기 기댄 여인들의 삶, 그 험난한 파랑도 여태 넘실거린다.

금오동의 다채로운 색깔 중 처량함 하나를 소개한다. 의정부 성모병원 뒤에 조선 선조 임금의 일곱째 아들 인성군 이공(李珙)

묘가 있다. 일대 상금오리에서 중금오리까지 천보산 산록은 모두 그 집안 선영이다. 묘소 중에는 금오초등학교 담장 동쪽 30여 미터 거리의 유아숲체험원 안에 인성군 증손자 능창군 이숙(李橚)의 묘도 있다. 그런데 이 능창군 묘비를 읽자면 주체할 수 없는 슬픔이 솟구친다. 그 묘비명 일부를 발췌하여 소개한다.

『(전략) 계해년(1743) 황제의 생신 축하 사절로 연경에 갈 때, 진사(아들 이익렴을 말함)가 따라갔다. 이듬해 2월 북경의 객관에서 죽어, 시신 넣은 관을 끌고 돌아왔다. 아아, 살아 있을 때 스스로 묘비 글을 지은 옛사람들 많이 있으나, 지금 나는 자식 잃은 뒤로 홀연히 세상 살아갈 마음이 없어졌다. 다만 갑자기 아무 생각 없이 죽게 되길 바랄 뿐이나, 그것도 쉽지가 않다. 이 생애, 세상에 피붙이 하나 없이 홀로 죽을 터인데, 훗날 황량한 언덕의 한 움큼 흙덩이를 누가 '능창군 묘'라고 알까. 가계, 생년, 이력을 대략 써서 새겨 둔다. 이 정회 또한 슬프니, 훗날의 군자는 나의 참람함을 용서하기 바란다. 숭정 기원 후 132년』

　자식 잃은 슬픔이 구절구절 진하게 배어있다. 글 속의 진사(進士)는 능창군의 외아들 이익렴(李益廉)이다. 아들 데리고 청나라 연경에 외교사절로 갔다가, 만리타향에서 금쪽같은 아들이 죽어 그 시신을 끌고 돌아왔으니 참으로 애달프다. 스물여섯

살에 생원시 합격한 전도양양한 아들이 그만 서른넷 젊은 나이
에 죽었다. 어찌 참담하지 않겠는가. 하물며 당시 아들에게 처
와 첩이 있었으나, 그때까지 후손을 얻지 못하였음에랴. 능창
군은 결국 먼 조카를 아들의 양자, 곧 양손자로 들여 후사를 잇
는다. 위의 묘비명은 그가 죽기 전에 일찌감치 스스로 써 놓은
자찬(自撰)이다.

수백 년 후 오늘날 능창군의 처지는, 스스로 쓴 비문의 한탄
에 들어맞는다. 능창군의 부친 화릉군은 원래 아들이 없었다.
그래서 능창군을 입양해 후사로 삼았는데, 그 한참 후 화릉군
측실이 아들 둘을 낳는다. 이렇게 생긴 배다른 동생 한 분은 능
창군보다 스물여덟, 또 다른 분은 서른아홉이나 어렸다. 그런
처지에다 외아들까지 잃었다. 어쩌랴… 오늘날에 이르러 적손
인 능창군 가계는 문중에서도 잊힌 듯하다. 2010년 세운 화릉
군 묘표에는 적장자 능창군과 손자 이익렴의 함자조차 보이지
않는다. 어느 집안이고 사정 없을까만은, 능창군 묘표의 슬픈
사연은 거듭 반추하게 된다.

전후 사정을 꿰고 묘 앞에 서면, 그의 사후는 더욱 쓸쓸하다.
게다가 세상 떠날 때 조정에서 소용 대 반듯하게 세웠을 비석
앞면은 깨져 너덜너덜하다. 금오동에는 6·25 전쟁 전 한국군

이, 6·25 이후는 미군이 주둔하였는데, 비석 파손이 전쟁 탓인지 미군들 소행인지는 알 수 없다. 한자 두께의 비석 전면이 모두 떨어져 글자가 보이지 않고, 그나마 뒷면은 대부분 읽을 수 있다. 앞에 적은 비문은 옛 전적을 뒤져 옮겨온 것이다. 부모보다 자식이 먼저 죽는 일을 참척(慘慽)이라 한다. 참척, 참으로 슬픈 말이다.

지역사의 공공성과 지자체의 책무

경기도의 도시들은 오랫동안 '위성도시'라는 꼬리표를 달고 살았다. 요즈음은 그런 표현이 잘 보이지 않는다. 그러나 '잠시 머물다 떠나는 곳'이라는 심리적 정서는 여전하다. 많은 이들이 경제적 여건에 따라 경기도에 둥지를 틀지만, 형편이 풀리면 미련 없이 서울 등 더 나은 환경을 찾아 떠난다. 그런데 이 뿌리 내리지 못한 부유 현상은 지역 발전의 큰 걸림돌이다.

필자는 몇 년 간 의정부에서 지역 역사·문화 탐방 프로그램 '걸음마(걸으면서 음미하는 마을 이야기)'를 운영하였다. 많은 시민들과 지역의 역사적 층위를 현장에서 살피며, 의정부시의 정체성을 확인하고 자긍심도 높이는 시간을 가졌다. 책임 없는 일임에도 불구하고 그동안 이 과정을 적극 지원해 준 문화원이 새삼 고맙다. 그런데 5년 차를 맞이한 올해, 재정적 이유로 프로그램의 유료화가 결정되면서 문득 근본적 의구심을 갖게 되었다.

과연 우리 마을의 역사와 가치를 배우는 비용을 개별 주민에게 전가하는 것이 옳은가 하는 점이다.

현재 문화원에서 운영하는 음악, 미술, 건강 관련 강좌들은 대부분 수익자 부담 원칙을 따른다. 타당하다. 개인의 즐거움이나 자기계발을 위한 '선택적' 취미 활동이기 때문이다. 그러나 자신이 발 딛고 선 땅의 역사를 배우고 공동체의 뿌리를 확인하는 학습은 성격이 전혀 다르다. 이는 단순한 여가 활용이 아닌, 시민으로서 '지역적 공감대'를 형성하기 위한 필수적 과정이다.

따라서 지역학은 공공교육의 영역이자, 파편화된 개인들을 '우리 동네 사람'이라는 하나의 공동체로 묶어주는 인문적 인프라여야 한다. 주민들이 내 마을의 가치를 깨닫고 애착을 가질 때 비로소 정주성은 강화되고, 지자체의 지속 가능성도 확보된다. 이와 같은 도시 생존과 직결된 소양교육을 개인의 지불 능력이나 선택에 맡기는 것은 지자체의 직무 유기에 가깝다. 오히려 관심 없는 주민들까지 참여할 수 있도록 유인책을 마련함이 지자체의 당연한 책무이다.

이 문제를 행정의 주체인 공직자들에게 적용하면 더욱 심각하다. 과거 지방자치단체 공직자들은 대개 그 지역 출신들을 채용하여 융화와 적응이 쉬웠다. 그러나 근래는 지역 연고가 없는 타지 출신 인재들이 주류를 이룬다. 이들의 객관적 역량은 높아졌을지도 낮아졌을 수도 있다. 그러나 정작 행정의 대상인 지역 사회에 대한 이해는 부족할 수밖에 없는 구조가 되었다.

지역의 역사적 맥락과 문화적 원형에 대한 이해가 부족한 행정은 자칫 '영혼 없는 대민 서비스'로 흐르기 쉽다. 정책 입안자들이 직접 현장을 걸으며 지역의 숨결을 체감할 때 비로소 시민의 삶에 밀착된 살아있는 정책이 나올 수 있다. 공직자와 공사 등의 준공무원들이 먼저 지역을 잘 이해해야, 시민들을 설득하기도 쉽다. 그런 의미에서 '걸음마'와 같은 지역 탐구 프로그램은 일반 시민은 물론, 공직자들을 위한 필수 소양 교육으로 적극 활용함이 마땅하다.

지방자치의 성공은 인구 수 수성에 있지 않다. 주민들이 얼마나 높은 '정주 의식'을 갖고 지역과 교감하느냐에 성패가 달렸다. 고작 연간 천만 원대 비용이 의정부의 역사적 가치를 복원하고, 시민의 정주성을 높이며, 공직자의 전문성도 향상하는 소중한 마중물이다. '걸음마'는 단순한 취미 생활이 아니라 주민들이 도시에 깊게 뿌리 내리도록 돕는 정주성 증대 사업이다. 이 요긴한 교육의 비용을 주민에게 떠넘길 것이 아니다. 지자체가 앞장서서 우리 동네 이야기를 주민들에게 들려주어야 한다. (2026.04.03.)

공공역사 실천의 중요성

요즘 공공역사(公共歷史), 퍼블릭 히스토리(public history)라는 말이 자주 보인다. 전통적으로 히스토리(history)는 정부나 대학 전문가들이 정립하고 배포해 왔다. 역사를 관이 주도하는 것은, 그것이 국가와 민족 또는 특정 정치이데올로기 형성의 핵심인 때문이다. 그런데 1960년대 이후 기존의 역사 기술 방식이 도전받기 시작했다. 사람들이 '국가, 민족, 위대한 남자' 같은 주제보다 '시민, 여성, 노동자' 같은 평범한 것을 생각하기 시작했다. 때마침 1970년대 미국에서는 역사 전공자들의 일자리가 포화 상태에 이르렀다. 그 문제의 돌파도 공공역사 등장의 배경이다.

공공역사는 기존 역사학계 밖의 일반, 곧 공공(public) 영역에서 다뤄지는 역사이다. 역사 기록의 주체도 정부나 기관에서 대중(the public)으로 확대되는 모양이다. 대중은 학계의 정통 역사를 소재로 삼되, 거기에 생각과 상황과 필요를 더해서 공공역사를 만든다. 정통 역사는 교과서나 도서관에 갇혀있지만, 대중은 그 수백 곱절로 역사를 놀이, 축제, 방송, 공연, 그림, 소설 등 온갖 형태와 장소에서 활용한다. 그리고 이러한 '정통 역사의 소비나 변주'가 모두 '공공역사'이다.

역사에서 '전유(專有)'는 정부 등 특정 주체가 과거를 스스로 정의해 사실로 특정하는 행위이다. 이를 통해 국가 정체성이나 민족적 신화를 만든다. 공공역사는 역사 독점의 해체이다. 교과서가 국정에서 검인정으로 바뀜도 같은 맥락으로 읽힌다. 여기에는 수월해진 사료 접근 환경도 작용한다. 불과 백 년 전만 해도 조선왕조실록 열람은 불가했지만, 지금은 수많은 기록이 인터넷에 공개돼 있다. 대단한 권위의 사학자가 최근 비판에 직면하였다. 어떤 목적과 의도에 맞도록 근대사를 왜곡한 행위가 드러나면서, 저간의 학문적 성과까지 부정당하는 걸 보면 딱하게 되었다.

필자는 수년간 경기북부 지역사에 관심을 기울였다. 역사적 사실과 다른 시사(市史)의 기술도 더러 비판하였다. 요즘은 생각을 달리하게 되었다. 역사적 팩트를 바탕으로 한 '약간의 변조와 다른 풀이'도 중요함을 깨달았다. 히스토리는 사실의 발견

과 정립에, 퍼블릭 히스토리는 이를 맞나게 소비하는 데 각각
그 쓰임이 있다. 소비되지 않는 역사를 무엇에 쓰랴. 생각하면
공공역사가 대중에게 현실적 쓸모가 큰 반면, 역사는 '공공역
사라는 스토리(story)'의 마르지 않는 샘이다. 의정부에 인조반
정공신 이기축이 누워있다. 그가 장군 이서의 사촌이라 반정
참여 기회를 잡았다는 역사보다, 부잣집 딸이던 주모의 헌신으
로 출세하였다는 이야기가 사람들은 더 재미있다. 게다가, 스
토리에 끌리면 결국 히스토리까지 찾아 소비하게 된다.

필자가 의정부문화원에서 진행하는 강좌 '걸으면서 음미하
는 마을 이야기'– 걸음마는 공공역사 실천 활동이다. 걸음마는
퍽 경제적이다. 수억 원 들여 만드는 대여섯 권 벽돌책 시사와
이 강좌는, 주민들의 지역사 소비 기여도에서 비교할 수도 없

다. 그리고 지역사 소비는 고스란히 고향 사랑과 정주성(定住性) 증대이다. 공공역사 실천은 다양하다. 주류 히스토리가 다루지 않는 지역사는 물론, 그 바탕인 구술사, 일상사 수집도 포함된다. 가족사진과 일기, 동네 얘기와 사물을 다루어도 공공역사이다. 역사는 물론 공공역사를 사회관계망으로 공유하든, 영상화하든, 소리나 물상으로 남기는 활동도 공공역사 실천이다. 지역사회 인구 감소가 중요한 이슈가 되었다. 그런만큼 지방자치단체의 공공역사 실천 활동이 더욱 중요해졌다. (2025.03.25.)

Part 4

행복은 소소 일상의 기쁨

[행복한 마음] 욕망의 다이어트

행복은 거창한 성취나 멀리 있는 파랑새가 아닌, 실상 매일의 어려움 간당간당 넘긴 삶의 '다행'스러운 안도입니다. 네 번째 장에서는 출근길 넥타이를 매는 마음에서부터 딸에게 전하는 응원까지, 일상의 소소한 기록입니다. 가족만큼 따뜻한 위안과 보람은 또 없습니다. 단순한 욕망으로만 소비되는 '열정'의 가치를 짚어보고, 건강의 요체가 무엇인지도 생각합니다. 삶의 성취에는 꾸준한 루틴이 필요하지만, 또 그만큼 중요한 것이 기대 낮추어 자족하려는 마음 같습니다. 현실을 동화처럼 즐겁게 살아내자고 생각한다면, 비록 보잘 것없는 삶이더라도 그리 팍팍하지만은 않겠습니다.

마음결 그 고운 마블링

밭(田)은 논두렁이나 밭두둑 둘러 가지런히 정리한 땅이다. 그렇게 개간된(田) 땅(土) 주변에는 사람이 모여 마을(里)을 이룬다. 그런즉 '마을 리'(里)의 바탕은 가지런함이다. 이 가지런함 중에 으뜸은 역시 옥돌(玉)을 갈아 드러낸 무늬 즉 '이'(理)다. '다스릴 리'(理)는 본디 옥을 가는 것이며, 그렇게 갈아서 드러난 무늬이며, 뜻을 확장해 가지런히 하려는 다스림이다. 그러면 이(理)의 다스림은 천연의 자유로움이 아니라, 어느 정도 골라 뽑은 바람직한 상태와 모양이다. 이(理)는 달리 한마디로 '결'이다. 돌, 나무, 옷감 같은 것의 바람직하고 일정한 켜와 무늬, 짜임을 가리키는 말 '결'이다.

'기운 기(氣)'는 본래 허공에 엉긴 구름(气)이었다. '기'는 허공에 뭉친 것, 빈 듯 가득한 공기처럼 형체가 보이지 않지만 존재하는 무엇이다. 율곡은 사단(四端)으로 대표되는 이(理)를 '정(情)

이라는 기(氣)'의 일부라 하였다. 기(氣)로 대표되는 마음 중에, 빙산처럼 물 위로 드러난 작은 부분을 이(理)로 보았다. 칠정은 정제되지 않은 욕망과 본능의 복잡한 감정이고, 그중에 한결 같이 고운 것이 '인·의·예·지'를 드러내는 측은, 수오, 사양, 시비의 마음이다. 그렇게 결 고운 마음이 이(理)다.

중국 남서부 원난성 점창산에서 나는 돌의 무늬(理)가 무척(大) 아름다웠다. 그래서 그곳에 있던 나라 이름이 대리국이다. 조각이나 건축용의 결정질 무늬 품은 석회암을 가리키는 말 '대리석'(大理石)의 유래이다. 대리석을 영어로는 마블(marble)이라 한다. 짤그락 구슬치기 유리구슬도 마블(marbles)이다. 파친코는 못을 줄지어 박아 넣은 판때기에 쇠구슬 굴려 점수를 정하는 도박이다. 이 파친코와 아이들 구슬치기는 마블게임(marble game)이다. 낱말에서 유리구슬과 쇠구슬이 옛날 대리석 구슬의 대체품임을 짐작할 수 있다.

저며 놓은 꽃등심에 점점이 박힌 안개꽃, 단백질에 박힌 희끗희끗 흰 지방질 모양을 마블링(marbling)이라 한다. 기름이 적당히 고르게 퍼졌으면 '마블링 좋다', 지방질 적어 먹기에 뻑뻑하면 '마블링이 나쁘다'고 한다. 대리석 속의 본디 마블과, 그 대리석 조각으로 마누 돌구슬 마블, 후에 인공으로 만들어 대체한 유리구슬 마블, 대리석 무늬처럼 살점 속에 박힌 기름꽃 마블… 이들 여러 마블의 공통된 가치는 역시 모두 결이다. 이(理)다!

이발(理髮)은 머릿결을 바르게 함, 이용(理容)은 용모를 본디대로 가지런히 함이다. 예쁘게만 꾸미는 미장(美粧)과는 격에서 다른 말이다. '결'은 어쩐지 가지런하고 아름다우며 선하다. 그래서 본래의 결대로 가지런히 정리(整理)하고, 상태나 기능 회복하려면 수리(修理)한다. 일의 근본은 사리(事理)이며, 마땅하고 바른 길은 도리(道理)이다. 결을 찾아 거기에 닿으면 이치(理致)에 맞다 한다. 결은 '한결' 같아서 충분히 미루어 예측 가능하다. '~할 리(理) 없다'는 말은, 일이나 상황이 그 까닭과 원리에 비추어, 또 지금껏 그가 보여 준 생각과 처신의 결을 감안하여 선언하는 강한 부정과 믿음이다.

예측 가능성은 대인관계에서 가장 중요한 덕목이다. 그것은 일관성이고 믿음이다. 하다못해 내가 건넬 어떤 농담에 대해서까지 그의 반응이 예상되는 것, 이것은 그가 내게 보여 준 저간의 한결같은 태도나 처신이나 마음에 연유한다. 세월의 풍상이 나이테로 새겨지듯, 사람도 나이를 먹으면 저마다의 일관된 결, 곧 한결같은 태도를 드러내 보여야 한다. (2021.06.09.)

'욕망'으로 소비되는 말 '열정'

　아리스토텔레스가 설득의 세 요소를 말하였다. 첫째 에토스는 말하는 이의 성격과 관습이다. 화자는 양심과 도덕으로 신뢰를 얻어야 한다. 둘째 파토스는 듣는 이의 감동과 공감이다. 청중의 태도를 의도대로 끌어내야 한다. 마지막 로고스는 주장의 논리이다. 이성적 판단에서 보편성을 지녀야 설득할 수 있다. 얼핏 로고스(논리)만 갖추면 성공할 것 같지만 실상은 그렇지 못하다. 논리는 충분조건이 아니어서, 화자의 에토스가 청자의 파토스를 자극하지 못하면 설득되지 않는다. 거짓말쟁이가 표를 얻는 것은 지지자들의 뜨거운 파토스 때문이다. 유권자들을 충동적 열정과 감동에 빠뜨린 것이다. 감동하면 불의나 부도덕은 보이지 않거나 하찮아지고, 반면 증오하면 에토스고 로고스고 다 필요 없다.

　흔히 '열정'(熱情)으로 번역되는 영어 패션(passion)은 파토스에서 온 말이다. 열정은 대중의 파토스 곧 아픔에 공감하고, 세상의 죄를 대속하는 희생과 고통이다. 이 패션의 꽃은 예수께서 십자가에 못 박혀 죽으신 '그리스도의 수난'(The passion of Christ)이다. 영어 '패션'을 열정이나 격정으로도 번역하지만, 본래는 예수의 수난처럼 대상에 대한 연민과 아픔이었다. 한편 벤저민 프랭클린은 "누가 강한가? 자기 패션(passion)을 다스리는 사람"이라 하였다. 슈퍼에고의 이타적 수난과 연민이던 패션이, 어느 순간 이드의 욕망으로 변질된 것이다. 어째서 그리되었는지 모르나, 이성은 제거되고 감성만 남은 '다스려야 할 못된 성품'이 되었다. 맑고 밝은 정신적 사랑은 없고, 진득한 육체적 욕망만 보인다.

율곡은 정(情)으로 표현되는 기운(氣) 중에 바람직한 것만 가려 뽑은 것을 이(理)라고 하였다. 이성(理性)은 감정 중에서 골라 뽑은 바람직한 감성이다. 그렇지만 영어 패션(passion)의 번역어인 한자 열정(熱情)에서는 이성이 감지되지 않는다. 대놓고 '뜨거운(熱) 정'이라 하지 않는가. 이타의 이성적 사고가 바탕이건만, 번역어 '열정'에는 그 숭고함이 없다. 이렇게 생각할 때, 육체적 욕망을 표현한 '단순한 열정'(simple passion)이란 말에서 오히려 패션의 본뜻이 뚜렷이 드러난다고도 하겠다.

어감에서 우리말 열정은 감성의 짝이지 이성의 패가 아니다. 실제로 우리가 표현하는 말 '열정'의 대개는 다만 욕망이 되었다. 그러나 이성과 배려가 없는 열정은 사회악일 뿐이다. 그러한 빗나간 열정은 세상에 널렸다. 거북한 말이지만 범법자들의 열정은 참 대단하다. 범죄만큼 치밀한 정성의 산물도 드물 터이다. 굶주린 인민들 멱살 틀어쥐고 혁명의 기치 높이 든 독재자의 열정은 국가와 민족의 고통이다. 긍휼히 여기는 마음, 남을 향한 봉사와 이해가 결여된 열정은 사회적 불행이다. 패션(passion)에는 희생과 고통이 따라야 한다.

'열정'으로 번역되는 영어 '패션'의 바탕은 자강긍휼(自强矜恤)이다. 스스로 힘써 함은 자강이고, 이타적 마음은 긍휼이다. 패션에 열성이 담긴 것은 분명하나, 이 정성에는 반드시 희생이 따라야 한다. 진정한 열정은 고통을 견딘다. 꿈을 향해 매일매일 고통의 순간을 감내한다. 공부로 말하면, 수업 참여만으로는 아직 열정이라 말하기에 부족하다. 이후의 고단하고 지루한 반복적 익힘, 그 몰입이 열정이다. 육체적 욕망을 열정으로 포장하지 말자. 그래도 열정을 주장하려거든, 사랑하는 이의 앞날을 예비하고, 양보하고, 꿈을 북돋우자. '단순한 열정'을 경계하자. (2021. 11. 10.)

고무신 거꾸로 신기는 쉬운가

군대 위문은 뭐니 뭐니 해도 면회요, 그게 외박으로 이어지면 정말 '왔다'다. 그다음이 편지인데 애인, 엄마, 친구, 식구 순으로 반갑다. 그런데 위문은 어찌하여 늘 일방적이냐. 어째서 나는 위문을 하고 너는 항상 위문을 받느냐. 너는 맨날 아프고 나는 늘 건강하냐. 어떤 일이건 어느 때건 수요와 공급의 불균형이 늘 문제이다. 군대 생활은 단순해서 늘 사람과 사랑에 대한 갈증이 넘치지만, 사회에서야 바쁘기도 하고 즐거움과 유혹도 많다. 그래서 멀리 떠난 군인의 위문 바람은 애초부터 쉬 채워지지 않는다. 면회는 말도 말아요, 편지 쓸 물리적 시간이나 심리적 여유도 내게는 없어요.

이제 막 애인이나 남자 친구를 군대에 보낸 여인은 인터넷 '곰신카페'에 들어가 사랑과 정성을 쏟고, 같은 처지들의 위로도 받는다. '곰신'은 군대에 간 남자 기다리는 여자를 이르는 말로, '고무신'의 줄임말이다. "그대가 군대에 가도 고무신을 거꾸로 신지 않겠다."는, 배신 부정의 맹세도 담긴 것 같다. 그러나 이 말을 찬찬히 음미하면, 그 안에서 일정 '고무신 거꾸로 신기'라는 불온한 배신의 싹이 태생적으로 담긴 듯하다. 눈에서 멀어지면 마음도 멀어진다고, 잊고 잊힘은 일정 불가피한 인지상정이다.

신어보면 알겠지만 고무신 거꾸로 신기 무척 어렵다. 옳게 걸을 수도 없다. 고무신 이전에 신던 것이 짚신과 미투리인데, 역사소설에는 이런 신발 신고 도망하여 종적을 감추는 장면이 가끔 보인다. 짚신이나 미투리는 뒤꿈치 쪽이 터져 있어서, 엄지와 나머지 발가락을 양쪽으로 나눠 꿰어 거꾸로 신어도 걷는 데 큰 어려움이 없다. 그래서 "내가 너를 떠난다만, 그런 사실

을 네게 알리고 싶지는 않아.", 또는 "나는 갈 테니, 너는 엉뚱한 데 가서 찾아보든지~" 하는 의도로 짚신을 거꾸로 신었다. 참다 참다 마지막 선택이 고무신 거꾸로 신은 야반도주다. 그리고 여기에는 남은 자의

아픔이나 분함의 외면뿐 아니라, 찾지 말라는 엇갈린 마음까지 담겼다.

고무신 거꾸로 신은 사람 쫓아가 허탕치더라도, 도망한 이가 도적 아니라면 재삼 생각함이 좋겠다. 서양 속담 "그녀 신발을 신고 생각해 보라."는, 고무신 거꾸로 신은 사람 입장에서 다시 살피라는 권고이다. 그녀가 고무신 돌려 신은 게 아니라, 어쩌면 내가 거꾸로 신긴 건 아닐까 하는 다른 깨달음 생길지 모른다. 군대가 자유로운 연애 구속하는 면 있어 '고무신 거꾸로 신기'를 군인의 연애에 한정해 쓰지만, 실상 그런 어그러짐은 남녀관계 말고도 사회 전반에 널렸다. 모든 감추고 떠남 즉 도망은 '고무신 거꾸로 신기'이다. 또 생각하면 왜 하필 고무신인가. 맨발도 운동화도 뾰족구두도 장화도 워커도 다 두고 고무신일까. 그 아프게 졸인 여린 마음을 살피라.

고무신의 대척점에 군화가 있다. 수렁과 자갈밭, 뾰족한 나무 둥치라도 저벅저벅 거침없이 밟는 워커가 군인의 걸음이다. 반면 진 데 거친 데 울퉁불퉁한 데 디딜 수 없고, 추워 감각 잃거나 땀으로 미끈거려 걷기 어려운 게 고무신 걸음이다. 한쪽에선 밟힌 것들이 아우성이라면, 다른 한 편은 고무신 뚫고 솟을 것들이 무서운 살금살금 걸음이 애처롭다. 고무신 걸음에는 마른 데와 편편한 데 골라 딛는 정성이 들었다. 지인의 아들이 제 여자 친구 고무신 거꾸로 신을까 봐 끌탕이란다. 고무신 거꾸로 신기는 다만 조심스러운 회피요 어쩔 수 없는 걸음이다. 하물며 그 걸음은 열이면 열 달마저 숨은 캄캄한 밤 아니던가. 찾아 나서기에 앞서 입장 바꿔 생각할 일이다. (2021.12.08.)

봄, 새롭고 긴 여정에 나설 때

동사 '배우다'는 지식이나 교양을 얻음, 기술을 익힘, 남의 행동이나 태도를 본받음이다. 한편 타동사 '배다'는 배 속에 아이나 새끼를 가지다, 물고기 배에 알이 들다, 식물에 이삭이 생기다 같은 뜻을 지녔다. '배다'라는 행위가 이루어지는 곳은 그 주체되는 생물이나 사물의 안이다. 그러니 '배우다'가 '배다'에 사역형 어간 '우'를 덧댄 말이라면, '배움'은 사람이나 짐승 스스로가 장차 열매 맺을 목적에서 무언가를 자라게 하는 것, 자기 안에 쌓는 것이겠다. 그렇다면 배움의 대상은 또 스스로에게 이로운 무엇이어야만 하겠다.

'알쏭달쏭'과 비슷한 말 '야리꾸리'가 근래는 야릇한 연애감정을 표현하는 말 같다. 일본말 야리꾸리는 본래 이리저리 변통하거나 융통성을 발휘함, 형편에 맞추거나 꾸려 감을 뜻한다. "시간이 부족했지만 야리꾸리하게 공부와 연애를 병행하였다.” 정도로 쓰면 적절하겠다. 한자어 ‘勉强(면강)’은 중국과 일본에서 쓰는 말이다. 중국에서는 현상과 행위의 옳고 그름을 떠나 아무튼 ‘억지로 마지못해 함, 억지, 겨우’를 의미한다. 그렇다면 중국어 勉强(면강)은 일본말 ‘야리꾸리’와 의미가 비슷하다. 변통과 융통으로 해결하는 것이다. 일본에서는 ‘勉强(벤쿄오)’가 공부를 뜻한다. 그렇지만 한자의 고향 말 중국어가 아무래도 원의에 더 가까울 테니, 일본어 ‘벤쿄오’의 본래 의미도 ‘힘들어도 애써 함’이었으리라 추측한다. 문득 면강(勉强)이란 말에서 자강불식(自强不息)이 읽힌다. 주역의 이 말은 스스로 힘써 멈추지 아니함이다.

애써 배웠어도 이를 거푸 익혀 마음과 정신과 신체에 붙이지 못하면 도로아미타불이다. 대체로 공부는 지루하고 지겹다. 공부가 괴롭지만 그러나 굳게(强) 힘써(勉)야 할 것이라 할 때, 그것은 아무래도 학습의 배움(學)과 익힘(習) 중에서 ‘익힘’이다. 시간 날 때마다 익힘, 힘든 노릇이다. 우리말 ‘공부’는 학문과 기술을 닦음이다. 그런데 일본에서는 이 ‘공부’가 요리조리 궁리함, 수단과 방법의 강구이다. 중국에서는 기술자가 뛰어난 기술을 발휘할 때 ‘대단한 공부’라고 한다. 동양에서 ‘工夫(공부)’는 ‘功夫·功扶’로도 쓴다. 불교의 공부(功夫)는 위로 지혜를 구하고 아래로 중생을 교화하는 노력이다. 유학에서 공부(工夫)는 배운이며 실천이다. 중국무예 쿵후(功夫)는 무예 이전에 몸과 마음을 단련하는 시간적 수련 과정을 의미한다. 공부란 결국 달인의 경지로 가는 여정이다. 능란함이 아니라 그렇게 되려는 과정, 곧 시간과 겨를에 방점을 찍은 말이다. 그래서 중국어 유-쿵후(有功夫)는 '시간이 있다', 샤-쿵후(下功夫)는 '시간을 쏟다'이다.

우리말 '공부'의 성패는 여러 여건 중에서도 시간의 투여에 달린 것 같다. 일의 성패는 머리의 좋고 나쁨이나 몸의 둔하고 날램보다는, 꾸준한 노력과 시간의 투여에 좌우되더라. 공부는 과정, 그래서 시간의 경과를 요하는 것이다. 학습(學習)은 배우고(學) 익힘(習)이다. 새로운 배움은 일시적이지만 그것의 익힘은 꾸준해야 한다. 배움이란 익힘의 한 작은 부분집합이라 하겠다. 무서운 돌림병의 어려운 여건 감내하며 대학이 문을 열었다. 목련꽃과 개나리꽃 벌어진 캠퍼스에 젊음의 활기 넘침은 무엇 때문인가. 가을의 풍성한 수확은 '놀기 좋은 봄날'에 땀 흘려 밭 갈고 씨 부린 부지런, 그 지루한 여정의 종착이다. 곡식의 걸음도 이러한데, 하물며 배움이야 말할 것도 없다. 봄은 새롭고 긴 여정을 시작하는 때이다. (2022.03.09.)

폭염 속에 더욱 그리운 비

세차게 쏟아지는 비를 우비 없이 맞고 싶다. 빗방울이 정수리와 어깨 딱딱 때리고, 번들거리는 안경알에 물상은 이지러진다. 허벅지와 종아리로 흐르던 빗물의 간지러움과 신발 속 꿀쩍거림 아스라하다. 이런 젊은 날의 회상도 아무튼 기우(祈雨)이다. 비와 햇볕은 하늘의 축복이나 징벌이었던지라, 과거에는 하잘 것 없는 인간이 우산 들어 빗물 비낌도 금기의 대상이었다. 논밭을 태워 말리는 햇살은 일산으로 가리되, 마른 땅 적시는 빗살을 몸 젖는다고 막아서야 되겠나. 백수십 년만 거슬러 올라도 우산은 없던 물건이다. 확 트인 능선이나 들판에 서서 온몸으로 비 마중하고 싶다. 대책 없이 빗물에 젖고 싶다.

'이슬비 내리는 이른 아침에 나란한 우산 셋' 중, 찢어진 것은 파란 비닐우산일 터다. 얇고 색 옅은 비닐우산은 우산살이 금새 빠지고 위아래로 죽죽 찢어졌다. 그 허술했던 비닐우산 그립다. 가벼운 바람에도 풀썩 홀렁 몸 뒤집던 환장, 그리 세차다 할 수 없는 두드림에도 찢기는 여림, 몇 번만 폈다 접어도 헐거워 쉬 주저앉던 지지대… 그러나 그 여림은 동시에 생생함이다. 우산 아래에서 듣는 소리들은 모두 낭만적이다. 비닐과 살 사이가 바람에 떠서 빚는 소리 푸덕푸덕, 우산에 듣는 빗방울 소리 후득 후드득, 세찬 바람 속 장대비 타다닥 타닥, 감싼 어깨가 건네는 안온함, 모두 그립다.

검정고무신에 비닐우산 쓰고 나선다. 막 생긴 웅덩이에 들어 두 발 찰박거리고, 우산대 돌려 비산하는 물방울로 장난치다, 바람에 뒤집힌 우산살을 땅에 눌러 되돌렸다. 그러다간 처마 밑에 쪼그리고 앉아 기왓골 슬레이트골 낙숫물에 파이고 씻겨 맑게 고인 빗물을 본다. 낙숫물이 짓는 작은 파문에 빠져들면, 순간 핑 돌아 휘청거리는 현기증이 온다. 그것대로 어떤 무아요 몰입이었다. 문득 정신 추스르면 어디서 나왔는지 꾸물꾸물 지렁이 해득할 수 없는 글 지어 읽으란다. 졸졸 생긴 빗물길 막혀 고인 데를 발로 문대서 연다. 물놀이 시들해지면, 고무신 코에 발가락 걸어 꺼끌꺼끌 신발 안 모래를 빗물로 씻어냈다. 파란 우산 찢어진 우산 받쳐 들고 쩔꺽쩔꺽 집으로 돌아간다.

'비는 그리움'이라는 표현은 타분하나 타분하지 않다. 마음이든 사물이든 일이든 모든 푸석푸석 말랐던 것들에 금방 부드러움과 윤기를 더한다. 생각하면 비는, 안개는, 눈은, 호수는, 강은, 바다는 그리움이다. 그리움이면서 또 원망이고, 즐거움이면서 또 슬픔이다. 생명의 시원이 바다라서 그러한지, 자연의 모든 물기들은 사람의 감성을 끓인다. 그리움의 이랑을 쌓아 올리고 슬픔의 고랑을 깊이 판다. 물기 가득한 자연과 현상 마주하면, 품은 감성의 체적 부풀어 올라 가지런했던 이성을 밀어낸다. 그리움은 더욱 간절해져 가슴에 사무치고, 사랑은 절절 끓어 목이 마르다.

빗물이 코끝에 맺히고 눈시울에 방울진다. 풀과 나무를 포옹하여 망울은 터뜨리고 푸름을 더한다. 빗줄기 앞에 선 둘에게 우산은 하나로서 족하다. 어깨 감싸 붙이고 빗속을 간다. 속절없이 흘러 씻기고 바랜 어즈버 청춘이나, 함께 썼던 우산과 빗줄기의 소환은 늘 흐뭇하다. 내리는 건 비, 젖는 건 가슴, 흐르는 건 사랑이었다. 그러나 비닐우산은 싸고 흔하며 조악했던지라, 비 개인 후 길바닥에 너저분한 것 또한 그것이었다. 청춘도 사랑도 덧없다는, 눈 먼 청춘들에게 건네는 어떤 장차의 암시였는지도 모르겠다. 그렇더라도 추억 속의 비는 흐뭇하고 시원하다. 이렇게 끼적이고 났는데 웬걸, 어느덧 장마철 지나 연일 폭염이다. 비는 역시 그리움이다. (2022. 07. 27.)

출근길 넥타이 매면서

둥근 고리 모양의 근육 괄약근으로는 소화기관 끝에 달린 항문괄약근이 대표적이다. 그러나 괄약근은 소화뿐 아니라 분비, 호흡, 혈행, 그 밖의 모든 내·외부 연결 감각·배출 개구부(구멍)마다 붙어서 몸의 평형을 조율한다. 50여 개나 되는 이 괄약근 중에 어떤 것은 민무늬근이고 또 어떤 것은 가로무늬근인데, 민무늬근은 마음대로 움직일 수 없는 불수의근이요 가로무늬군은 마음먹으면 움직여 주는 수의근이다. 항문괄약근 중 저 안쪽 큰창자 밑의 내항문괄약근은 불수의근이지만, 항문 그 자체인 외항문괄약근은 수의근이라 그래도 마음먹고 힘주면 얼마간 참을 수 있다는 말이다. 신비롭고 다행스럽다.

나이 들어 엉덩이와 허벅지와 팔뚝 살 차츰 내리면, 그게 다 근육이라 자연스럽게 근력도 떨어진다. 팔다리 근력 떨어짐이야 움직임 마땅하지 않아도 조용히 머물면 된다지만, 오므리고 닿아야 할 곳에 붙은 괄약근 살이 빠져 줄어들면 이야말로 난감하다. 눈동자 풀려 빛 사정없이 들어차 물상은 흐릿하지, 식도로 밥 넣었는데 기도가 열려 사레들지, 요도 묶은 괄약근까지 풀리면 누릿하게 지도를 그린다. 신체의 문제를 국지적으로 차단해 퍼지지 않게 막지 못하니, 나이 들어 괄약근 풀리면 어디 한군데 덧남이 막힘없어 전신으로 번진다. 신체의 일곱 구멍 중에 하나라도 제대로 틀어막을 수 없는 지경에 달해 시도 때도 없이 구멍 열려 몸 안팎 구분이 사라지면, 그것이 바로 죽음이다. 모든 죽음은 괄약근 기능 정지로 확인된다. 입, 동공, 항문이 열린다.

삶, 산다는 것은 주변의 나 아닌 다른 목숨이나 사물 혹은 의식으로부터 자신을 구분 구획하는 것이다. 물리적으로 동물은 세포막이 구분하고, 세균이나 식물은 세포벽이 그렇게 스스로를 차별해 둔다. 사람은 몸 밖으로 이어진 구멍, 입 코 눈 귀와 똥 오줌 땀구멍마다 이 괄약 활동이 원만해야 비로소 내가 나일 수 있다. 열반에 들려거든 자신을 잊어야 한다는데, 이 경지가 말하자면 '무아(無我)'이다. 문득, 무아라는 것이 몸 오므리고 생각 조여 자연으로부터 나를 분별하지 않거나 못 하는 상태에 놓이는 것임을 깨닫는다. 정신은 물론 육신의 경계마저 허묾은 곧 세포막의 유실이겠으니, 이것이 우리가 종내 맞이해야만 하는 죽음이다. 눈 침침해지면 보이던 티끌이 사라진다. 귀먹으면 말이나 소리를 감각할 수 없다. 코와 입이 냄새와 맛을 잃음은 욕망의 충족에서 멀어지는 현상이며, 각질 일어나고 비듬 많아짐도 세포막이 제 기능 잃어 차츰 나와 주변의 경계가 무너지는 것이다. 이런 변화는 나를 나답게 의지대로 오므리거나 죌 수 없게 되었다는 말이다.

'오므리다'는 물건의 가장자리 끝을 한 곳으로 모으거나 물체의 거죽을 안으로 오목하게 패어 들어가게 하는 움직임이다. 느슨하거나 헐거운 것을 단단하거나 팽팽하게 하는 것이다. 군대 제식동작 중의 '차렷!'은 일본말 '기오쓰케'(き[氣]を つけ)에서 왔을 터이다. 그러면 '차렷'은 원의에서 몸에다 정신을 붙이라는 주문이다. 풀렸던 정신줄 당겨 오므리거나 조임이다. 스스로 오므리거나 죌 수도 있다만, 그렇게 하지 않을 때는 남이 나서서 오므리거나 조이니… 곧 남에게서 "차렷!" 소리를 듣게 된다. 그러나 그러면 다행이지, 남들이 왜 내 정신과 육체를 오므리고 조이랴. 오로지 벌리고 넓히려 할 것이며, 그런 연후 무언가 넣거나 꺼

내가기 십상이다. 넥타이는 점잖은 멋쟁이들 전유물이 아니다. 오랜만에 와이셔츠 입고 넥타이 매면서 든 생각이다. 다시 닦고 죄고 기름칠 할 일이다. (2023.06.15.)

명품이라는 신외지물

연세 잘 잡수신 선배가 팔뚝에 찬 손목시계 멋있어서 "나도 시계 하나 찰까?" 했더니, 아내가 갑자기 웬 시계냐고 묻는다. 말문이 턱 막혔다. 몸에 걸치는 것과 거치적거림 싫어서, 결혼예물 시계와 반지를 딱 1년 쓰고 빼서 장롱에 모셨던 전력 탓이다. 서둘러 에둘러 "신문에 난 남자들 짝퉁시계 이야기가 재미있다"고 말머리를 돌렸다. 남녀의 짝퉁 사용 태도가 다르다고 한다. 여성은 짝퉁을 쓰면서 그것이 진품으로 보이게 하려 애쓰지만, 남성은 짝퉁임을 밝히고 그 구매 과정의 긴장감을 즐기며 공유한다고 썼다. 여성에게는 명품을 얻고 또 쓰고 싶은 과시욕이 있지만, 남성은 그 물건의 기능과 실용성에 더 관심을 둔다는 말이다. 물론 이처럼 성별에 따른 차이로 일반화하는 태도는 옳지도 바람직하지도 않다.

웬만한 사람은 남들이 모두 선망하는 명품의 강력한 매혹이나 풍미에서 자유로울 수 없다. 게다가 그것들을 쓰면 어쩐지, 아니 확실히 없던 기품도 생기는 듯하다. 애초에 풍채나 바탕 좋은 이에게는 어떤 후광 같은 것까지 덧씌우기도 한다. 한편 이러한 느낌이나 평가는, 없는 것을 꾸며주니 일정 거품이요 더러 기만이라 할 수도 있겠다. 그렇지만 또 꼭 그렇지만도 않은 것이, 어떤 물질은 그걸 쓰는 사람을 아주 망가뜨리기도 한다.

예비군훈련장에 가면 멀쩡하던 사람도 떠들다, 늘어지다, 존다. 아무 데나 털퍼덕 앉거나 다리를 달달 떤다. 군복이 명품 아니라서, 그걸 걸치는 사람도 따라서 나태해지는 듯하다. 강력한 예비군 만들려면 군복부터 명품으로 바꿔야겠다. 아무튼 명품 가방과 옷으로 치장한 여인이 오도방정 떨 일은 없겠다. 단정한 입성에서 바른 행동거지가 나온다는 어른들 말씀이 옳다. 형식보다 내용이지만, 그러나 역시 바른 형식이 옳은 내용의 바탕임은 분명하다. 명품의 가치에 어느 정도 동의할 수 있다. 아니다, 이러한 물질의 작용을 생각한 사람이라면 굳이 명품 걸치지 않더라도 스스로의 행동과 품성을 어찌 가꿔야 할지 벌써 답을 알 터이다.

충남 태안의 파도리에 보석 같은 자잘한 돌멩이 깔린 해변이 있다. 그 곱고 예쁜 때깔 보석들 중 많은 것이 실은 떠 밀려 온 유리병 파편의 깎이 고 닳음이었다. 손바닥에 올 리니 드문 돌멩이와 흔한 유 리 조각 사이에 영롱함의 차 이는 없더라. 보석에 좋은 파

장과 기운이 있어 몸에 유익하다고 하지만, 그것으로 내 인품을 더하거나 배를 채울 수는 없다. 아내 앞에서 명품이니 짝퉁이니 말 장황하게 늘이면 큰돈 나갈 것 같아 슬쩍 말을 돌렸다. "여보, 결혼 시계 고장났어도 근 36년 보관했더라면 골동품이라 가치 있겠지? 버리고 나니 아깝네." 했더니, 아내 말이 "그거 다 보관하고 있거든?"이다. 아! 역시 우리 아내가 명품이다! 어찌 '좋은 것으로' 짝퉁이라도 하나 사 안겨야겠다는 선심이 마구 일었다.

신외지물(身外之物), 몸 밖의 것들에 대해 경계하는 옛사람들 글이 많다. 심하게 아낄수록 큰 값을 치러야 한다고도 경계한다. 십여 년 전 돌아간 어느 신부님이 남긴 유품에서 맑은 삶이 무엇인지, 깨달은 사람의 추구가 어디에 가 닿았는지 잘 알 수 있었다. 재물에 대한 집착을 버린 이에게 있어 신외지물에 불

과한 명품(名品)은 빛을 잃는다. 신외지물을 반드시 재화로 한정해 말할 바도 아니다. 재물은 물론이고 훌륭한 명성까지 그것을 다만 신외지물로 보았다. 사람 역시 내 몸 밖의 것이기는 물질과 같아서, 남을 내가 얽어매는 것이나 그가 오로지 나만 바라보기를 바라는 마음 역시 경계해야 할 바이다. (2024.08.20.)

괄괄한 아내, 풀죽은 남편

귀가하자마자 와이셔츠와 속옷 벗어 세탁기에 던져 넣고 샤워다. 뽀송한 내의에 반바지 차림으로 캔맥주 들고 소파에 앉으면 잠시간 세상 부러울 것 없다. 어제가 말복이니 이제 더위도 한풀 죽었다. 문득 옛날 어른들의 세탁 수고를 생각했다. 지금은 남자가 이불 들고 빨래방에 가 건조까지 마쳐 그날 바로 덮는다만, 과거에 이불 빨래 얼마나 힘든 일이었던가. 뜯어 발려 솜은 틀고, 홑청은 빨아 풀 먹이고, 다듬이질 해 곱게 눅인다. 그러고는 시치고, 누비고, 감치고, 박아 다시 원상태로 복원하니 과정은 길고 정성도 컸다.

이불을 예로 들었지만 옷도 솔기를 모두 뜯어, 발려, 빨았다. 그렇게 옷 아닌 천으로 돌려 빨래 후 바느질해 다시 지었다. 말하자면 더러워져 빨래하자 동시에 새 옷이 되는 셈이었다. 아련하다, 쌀풀 쑤어 물 붓고 묽게 풀어 이불 홑청이나 아버지 한

복 풀 먹이시던 어머니 모습. 베든 광목이든 소청이든 천에는 모두 풀을 먹였다. 오늘날보다 짜임 조밀하지 못해 힘없던 옷감에 풀을 먹이면, 보풀 일어남이나 올 풀림을 잡아준다. 풀 먹여 하는 다림질은 옷감에 날을 세워 새 옷처럼 깔끔하기도 하고, 올 사이에 먼지도 덜 앉았을 터다. 이렇게 옷감에 풀 먹이던 때 생활에서 나온 우리말에 괄하다, 괄괄하다, 풀 서다, 풀 죽다 등이 있다.

소나무 가쟁이 부러진 데 옹이, 이 송진덩어리 관솔 낫등으로 톡톡 쳐서 떼어다 불을 밝혔다. 관솔의 말밑은 '괄+ㄴ+솔'로, 불기운 괄괄한 소나무다. 풀을 세게 먹여 홑청이나 옷감 지나치게 빳빳하면 괄괄하다 하였다. 이 말의 어원이 '풀 먹임'인지, 혹 다른 현상에서 비롯하였는지는 명확하지 않다. 아무튼 '괄하다'나 '괄괄하다'는 성질이 세고 급하다, 풀기 따위가 세다, 목소리가 굵고 거칠다, 불길이 거세다 등의 의미로 쓰인다. 천에 풀 먹여 괄괄한 상태를 다르게는 '풀이 섰다'고도 한다. 그 괄괄하던 옷이 시간 지나 풀 기운 줄어들면 후줄근해진다. 이렇게 된 상태는 풀이 죽었다고도, 한풀 꺾였다고도 한다. 기운이 줄었다는 뜻이다.

'한풀'은 한창 오른 기세이다. '한풀 꺾였다'처럼 쎄서 디위나 추위의 누그러짐, 사람의 기운 쇠함을 가리킨다. 그런데 '한풀 올랐다'는 표현이 없는 걸 봐서, 이 말은 아무래도 천에 풀 먹이던 데서 비롯한 듯하다. 먹인 풀의 기운이 점점 세질 수는 없으니 하는 짐작이다. 1980년대 초 군입대 후 처음 휴가 나왔을 때가 생각난다. 펼쳐주신 잠자리 이불과 베갯잇, 그 속에 누워 맡던 옅은 풀 냄새와 팔뚝에 닿던 가슬가슬한 감촉은 그대로 살갑고 따뜻한 어머니의 사랑이었다. 신혼여행 다녀와 처가에서의 하룻밤, 신방에 펼쳐진 하얀 소청 묵직하고 두툼한 이부자리 그 이불깃 느낌이라니! 다시 경험하기 어려운 아련한 청량감이다.

철 지나면 입던 옷 풀 먹여 차곡차곡 곱게 개고는, 신문지에 싼 좀약 군데군데 박아 농에 넣었다. 바느질 솜씨가 곧 바깥양반 체면이라, 밤새 땀땀이 부었을 땀과 정성에 숙연해진다. 옷이나 이불 헤쳤다 다시 짓는 여인들의 번거로운 수고가 안쓰럽다. 그러나 지금은 식구들 저마다 빨랫감 세탁기에 갖다 넣고, 아내는 다만 버튼만 눌러서 빨래 끝이다. 그러고는 "여보, 빨래 좀 널어요."한다. 그런데 웬일인가, 풀 먹일 일도 옷 지을 일도 없건만 아내 성질은 막 풀을 먹인 듯 뻣뻣하다. 나이 들면 수그러들어야 할 터인데, 오히려 갈수록 괄괄해진다. 이 바깥양반은 한 풀 두 풀 자꾸 죽어 후줄근해지기만 하는데. (2011.08.11.)

서가 비워도 읽을 것은 늘어

설 연휴를 봄맞이 집안 정리로 보냈다. 가구 배치 바꾸고 소파 들어내자 거실이 훤해졌다. 옷이 장롱에 넘쳐 세워놓은 옷걸이 세 개를 가득 채웠기에, 부부 입성만 쉰 개쯤 추려서 버렸다. 여기까지는 수월했는데, 문제는 서가에 있었다. 버리는 데 익숙하지 못한 필자는 특히 책이란 물건이 사소한 것까지 아깝다. 그러면서도 해마다 오륙십 권씩 꾸준히 들여오니, 서재에도 사무실에도 꽂지 못한 책이 바닥에 쌓였다. 최소한 들여온 만큼 내보냄이 옳지 않은가.

나이 예순 넘겼으니 필자가 앞으로 20년 넘겨 책을 들여다볼 수는 없을 터다. 아흔까지 산다 하더라도, 눈은 그 훨씬 전에 반 멀지 않을까도 싶다. 그러니 사다 놓고 지금껏 읽지 않은 것이나, 지금 시력으로도 벌써 읽기 힘들어진 것, 체력이나 정신에서 관심 버려야 할 분야는 더 이상 갖고 있을 이유가 없다.

이런 기준에서 책들을 골라냈다.

　어려서 모은 문고본 소책자는 이제 그 깨알 같은 글이 보이지 않는다. 근래 펼친 적 없는 스물 댓 권 사전도 퇴출이다. 컴퓨터와 휴대폰이 궁금증을 번개처럼 빨리, 무료로 풀어준다. 43년 묵은 48권짜리 세계사상전집이 보인다. 첫월급으로 질러서 애착 남지만, 역시 글자는 작고 종이도 바래 읽기 힘들다. 그러자 비싸게 강매 당한 한국문학전집, 세계문학전집, 영인본 창비(창작과 비평) 같은 덩치들도 도매금에 넘어간다. 이렇게 구독 의사 없이 들인 책은 장정과 지질 좋아도 좀체 읽히지 않더라. '철 지난' 국내외 여행안내나 등산안내도 안녕이다. 사무혁신, 재테크, 건강관리, 처세⋯ 돌아보니 다만 한때의 붐이고 현상이었다.

　두툼하고 투박한 사진첩은 부담스러워도 없앨 수 없다. 그러나 고민스럽지만 조만간 전자파일로 만들어야 할 것 같다. 그러고 보니 기념일에 사진관 가서 찍은 것 말고는 10년 이내에 사진 인화한 적이 없다. 그래도 아직 서가는 부족하다. 어떤 녀석 찍어낼까 고민하다 인터넷 뒤지니 '책 정리 팁'이 바로 뜬다. 인터넷이나 중고서점에 많은 책을 버려라! 명작이라는 스테디나 베스트 셀러 해당이다. 마음만 먹으면 쉬 구해지니까.

부정해왔지만, 책장 정리하며 책을 장식품과 기념품으로 생각해 온 면 없지 않았다는 느낌을 받았다. 이제는 털어내야 할 허세이다.

책은 줄였지만 필자는 읽기가 너무 좋다. 사무용품 관리부서에서 "프린터 토너를 많이 쓴다."고 타박이다. 나이 탓이 크나 모니터 보면 눈 아프고 머리 띵하니, 필자로서는 부득불 종이에 인쇄하여 보게 된다. 이 종이책과 종이서류 편식이 낭비적이긴 하나, 그래도 종이를 통해야 이해에서 일목요연하다. 게다가 페이지 한장 한장 넘기며 읽는 맛도 아쉽다. 얼마 남았나 보고, 더러 '벌써 이만큼 읽었나' 뿌듯함도 느낀다. 책장 넘기려 손끝으로 잡은 종이 감각은 전자책으로 구현 불가한 즐거움이다. 그러나 역시 종이 출력을 줄이긴 줄여야 할 터다.

책이 덜 팔린다지만 독서는 줄지 않았다. 한자 '독서'(讀書)를 풀면 '글 읽기'이다. 과거 이 말은 당연히 '책 읽음'과 동의어였다. 그러나 요즘은 종이책보다 훨씬 큰 비중의 문자를 컴퓨터나 휴대폰에서 소비한다. 글자의 전자화로 외려 종전보다 훨씬 많은 글(書)을 읽는다(讀). 종이책 읽는 독서는 줄었지만, 글자 읽는 독서는 크게 늘었다. 독서를 책 아닌 글 읽기로 볼 때가 되었다. 이런 생각 섞어 서가 정리하고 나니, 마음도 덧달

아 맑아진 느낌이다. 나이 예순, 모으기보다 버려야 할 나이가

되었다. (2021.02.19.)

몸 보신의 요체는 덜 먹기

몇 해 전 어느 가수가 장협착 박리 수술 중 사망하였다. 5년 전의 위밴드 시술 때문에 장협착이 발생하였는데, 그 박리 수술 중의 의료사고로 그리 된 것 같다. 장협착은 병적 변화나 외부의 압박으로 위나 창자가 쪼그라져 붙는 현상이다. 또 위밴드 수술은 식사량을 줄일 목적에서 포만감을 느끼려고 식도와 위가 이어지는 부위에 조절형 밴드를 끼워 넣는 시술이다.

병 없이 좋은 신체기능 상태를 가리키는 말 '건강'의 정의는 불변이다. 그러나 그 건강의 식이요법적 실천은 과거와 현재가 다르고, 대륙이나 국가, 연배 따라서도 모두 다르다. 우리나라만 해도 40~50년 전과 현재가 판이할뿐더러, 경제 형편이 크게 벌어진 휴전선 남북 사이에도 다르다. 몸매 가꾸거나 과다 영양에 의한 질병을 털어내려면, 이제는 일부러 약간의 위장장애를 유도해 소화기관 효율을 떨어뜨리는 방법까지 고민하게 된 것이다. 섭취량 자체를 줄여야 하는 지경에도 이르렀다. 바람직한 섭생과 그 실천 방법이 이렇게 달라졌다.

꼭꼭 씹으라는 주문은 건강에 유효한가. 매끼 꼬박꼬박 골고루 꼭꼭 씹어 먹는다고 잘 먹는 게 아닌 때가 되었다. 영양 넘치면 덜 먹고, 부족하면 더 먹어야 건강하다. 과체중과 비만에는 오래 씹기의 '잘게 부수어 위장의 영양 흡수 돕자.'는 목적과, '오래 씹으면 포만감 생겨 덜 먹게 된다.'는 상반된 두 가지 취지 중 무엇이 옳을까? 골고루 섭취하라는 주문 역시 영양과잉인 사람에게는 다만 살이나 더 찌우라는 고약한 권고와 다르지 않다. 반대로, 영양 상태가 부실한 경우는 물론 편식 없이 골고루 꼭꼭 천천히 씹어 많이 먹어야 건강에 좋겠다.

우리나라에서 뛰었던 미국 농구선수 디욘테 버튼이 한국 음식으로 다이어트에 성공했다고 한다. 엉뚱하게도 그의 다이어트식은 라면, 떡볶이 등이었다. 한국인들이 탄수화물 폭탄이니 먹지 말라고 하는 것이 그에게는 건강식이었다. 그런 음식 먹느라고 평소 즐기던 햄버거나 감자튀김을 덜 먹게 되다보니, 인스턴트식품 라면이 건강식품 평가를 받은 것이다.

다이어트의 우리말은 식이요법이다. 식이요법은 음식물 섭취를 조절하여 몸의 영양 상태를 완전하게 하는 것이다. 여기서 음식물의 섭취를 조절한다 함은, 섭취를 줄인다는 말이 아니다. 경우에 따라서는 더 많이 먹고 마시는 것도 당연히 다이어트이다. 무심코 답습해 온 고래의 식습관 대부분이 이제는 부적절한 것이 되었다. 배고팠던 때의 습관을 배부른 지금까지 견지하면 곤란하다. 게다가 섭취하는 음식료에 대한 지식마저 바르지 못할 경우, 기왕의 전통적 방법은 오히려 건강을 해칠 수도 있다. 몸에 좋다는 음식료가 해마다 새롭게 등장하지만, 그러다 또 언제 그랬냐는 듯 금방 사라지고 잊힌다.

보신(補身)은 모자라는 영양을 보충하는 것이다. 지금은 넘쳐 처치 곤란한 영양을 아랫배와 허리에 두두룩 두르고, 그러고도 남아 몸에 쌓인 당을 오줌으로 빼내느라 장기가 다 망가져 나가는 마당이다. 이 지경이니, 보신과 영양 보충이 과연 마땅한 말과 생각인지 되짚어 봐야겠다. 보신의 ‘보’나 영양 보충의 ‘충’은 그 동기나 전제가 ‘모자람’에 있지 않던가. 지금은 대체로 넘치고, 그 넘침은 모자람만 못하다. 과거에는 보신이란 말과 영양가 높은 것으로 배를 채우는 행위를 등치했었다. 그러나 이제는 넘치는 살점과 지방 덜어내는 노력이야말로 ‘보신’의 요체가 되었다. 더위가 빨리 오는지 벌써부터 후텁지근하다. 올해 복지경에는 음식 섭취 줄이거나 아예 끊어보는 진짜 보신을 생각 중이다. (2020. 06. 12.)

딸아, 직성껏 살거라

달(month)은 달(moon)의 차고 이우는 주기를 반영하여 1년에 12개이다. 개화기 이전에 한 달을 3개의 순(旬, 10일)으로 나눈 것은 사람의 손발이 10개라 셈의 편리를 취한 것이겠다. 지금은 7일 반복의 주(週)를 쓰는데 이를 칠요제라 한다. 요일의 요(曜)는 빛남이니 수요일은 수성이 빛나는 날, 금요일은 금성의 날이다. 칠요는 해와 달에 붙박이로 밝게 빛나던 태양계 행성 다섯을 더한 것이다.

서양에 7일 반복의 7요제가 있다면 우리나라에는 9년 순환의 9요제가 있어 그로써 운수를 점쳤다. 9요제는 7요제의 일곱 별에 "태양의 황도와 달의 백도가 교차하는 지점"에 위치해 잘 보이지 않는 숨은 별(은성) 둘을 더한 것이다. 두 개의 은성은 나후(羅睺)와 계도(計都)이다. 사람의 운명을 이 아홉 개의 별이 한 해씩 번갈아 관장하는데, 이 별들이 바로 '직성껏, 직성이 풀리도록'처럼 쓰이는 말의 직성(直星)이다. '담당하는 별'이다.

수·금·목직성의 운수는 길하고, 토·일·월직성은 어중간하며, 화직성은 흉하다. 계도직성은 매우 흉하며, 나후직성의 해는 만사 조심의 몹시 흉한 운수이다. 직성은 나이 따라 나후직성에서부터 토, 수, 금, 일, 화, 계도, 월, 목직성 차례로 든다. 직성은 전래의 세는 나이로 남자 10살, 여자 11살부터 적용하므로 남자 나이 10, 19, 28…과, 여자 나이 11, 20, 29…살은 나후직성 담당이다. 정월 대보름에 다북쑥을 묶어 달님에게 복을 빌었다. 싶으로 만든 허수아비(제웅)를 태우거나 조밥을 지어 버리기도 하였는데, 모두 그 해 직성의 나쁜 기운을 눅이자는 목적이었다. 내 별(직성)에 치성드려 흉액 면하기, 직성을 푸는 것이다.

아홉수가 나쁘다는 속설이 있다. 이에 대해 더러 "10년 단위로 꺾어지는 해의 심리적 위축과 긴장이 불행을 초래하므로, 그 직전 29·39처럼 9자 들어간 해에 조심하라"는 것이라 설명한다. 사실 50대가 60대로 가는 길목에서 인생 반추하니 초조하고 자괴스럽기는 하다. 그러자 몸이 예전만 못하다는 느낌도 든다. 혹시 어떤 사달이 날까 결혼이나 이사, 사업에 머뭇거리게 된다. 그러나 반대로 나이 꺾임은 새로운 다짐과 의욕 발현의 시점이기도 하다. 아홉수를 조심하라는 말은 어디에서 연유하였을까.

아홉수 조심의 제일 대상은 결혼이다. 필자도 아홉수인 스물아홉에 장가들었지만, 얼마 전까지만 해도 대체로 30세 이전에 결혼하였다. 한편 '여덟수를 조심하라'는 말도 존재한다. 아무래도 아홉수나 여덟수 조심은 직성 때문인 듯하다. 남자 열아홉과 스물여덟, 여자 스물과 스물아홉은 몹시 나쁜 흉액의 나후직성이 관장한다. 결혼 앞둔 28세 남자는 여덟수를, 29세 여자는 아홉수를 피하거나 잘 대비하라고 경계한 말일 터다. 이 말이 남녀 불문, 세대 무시하고 싹둑 잘려서 무조건 '아홉수를 조심하라'로 변한 것 같다.

타고난 연월일시 4주 8자에 매이지 않고, 운수가 해마다 변한다는 직성의 설정은 신선하다. 해마다 바뀔뿐더러 나쁜 직성이 들어도 연초에 액막이로 풀어준다. 올해의 삶이 팍팍하더라도 내년에 기댈 수 있다. 그러나 아무튼 직성은 무속이고 시방은 만혼 추세이니, 여덟수고 아홉수고 고민할 바 없다. 각자 형편에 맞추어 풀어가면 되겠다. 1990년 생인 아홉수 스물아홉 필자의 딸은 아직 결혼 생각이 없다. 올 추석 명절에도 어른들의 무심한 덕담에 청춘들은 오히려 상처를 받을 것이다. 사

랑하는 딸아, 번듯한 직장과 결혼 그까짓 굴레와 멍에 다 일 없
다. 아빠는 다만 네가 행복하다면 다 됐다. 직성껏, 직성 풀리
도록 네나름의 삶을 살거라. (2018.09.20.)

성공의 열쇠, 꾸준한 루틴

관계가 원만하다 함은 타인과의 사이에 탄탄하고 반듯한 통로를 냈다는 말이겠다. 걷는 길이든 진리나 깨달음의 길이든 도(道)를 이루는 요체는 그 길을 부지런히 다지는 노력, 꾸준함이겠다. 루트(route)는 길이고 방법이다. 늘 걸어야 생기는 길 루트에서 유래한 말 루틴(routine)은 그래서 일상적, 기계적, 관례, 절차 등을 뜻한다.

루틴은 컴퓨터 용어로 채용되어 '어떤 일을 담당하는 하나의 정리된 일이나 프로그램'을 의미한다. 컴퓨터 프로그램은 크고 작은 여러가지 루틴의 조합이다. 전체의 개략적 구동에 관여하는 포괄적 프로그램을 메인루틴이라 하며, 이 메인이 하부의 분야별 서브루틴을 불러서 돌린다. 메모리의 효율적 사용은 메인루틴과 서브루틴 사이를 얼마나 잘 구획 편성하였나에 달렸다.

이 잘 정리된 프로그램을 가리키는 말 루틴은 종종 부정적 의미로도 쓰인다. '루틴한 일'은 대체로 일상적 관례적 업무를 가리킨다. 직장에서 곤혹스러운 일은 수치만 다를 뿐 같은 일과 같은 보고를 루틴하게 반복하는 것이다. 루틴한 업무라 보고를 생략하면 이때는 발표한 게 없어 마음이 불편하다. 다른 부서가 농담으로 루틴해서 지겹지 않냐, 뭐 할게 있냐고라도 하면 속상하다. 가끔은 이 일이 정말 큰 기술 없이 누구나 처결할 수 있는 기계적 단순 업무인가 싶어 불안하기도 한다.

한편 무언가 개선과 효율화에 의욕이 있는 부서장은 직원들의 암묵지를 끄집어 내고 시스템화를 추진하는데, 이를 달리 말하면 루틴화이다. 일이 지루하건 말건, 창조적이건 아니건을 떠나 부서장은 루틴을 주문한다. 반복적 업무는 루틴하다고 무시하면서도, 동시에 창조적 발상으로 업무의 루틴을 짜라고 독려한다. 마치 루틴에 서로 다른 두 가지 의미가 있는 것만 같다.

일의 반복적 수행은 매너리즘인가? 루틴의 본래적 의미에 견주면 루틴한 일 처리가 매너리즘일 리 없다. 일의 반복이 단순함이나 변화의 거부는 아니니까. 루틴한 일에 부정적 의미가 붙은 것은 단순한 일과 반복적 일의 혼동에 기인한 것 같다. 여기에는 루틴이 주로 컴퓨터 프로그램 용어로 사용된 탓도 더해진

듯하다. 컴퓨터야말로 인력 소요 없이 단순하고 기계적이니까.

특별한 것은 정말 특별하다. 그런데 찬찬히 생각하면 이 특별이란 것은 수많은 일반, 보통, 통상, 대체적인 것들이 있어야 비로소 의미를 지닌다. 특별대책은 여러 통상적 대책을 바탕으로 깔고, 그 위에 부분적 또는 일시적으로 내놓는 것이다. 그러니 세상의 대부분 성취는 대개 평범한 루틴의 지속적 수행에서 온다고 할 수 있다.

필자가 당뇨약 복용하길 1년이 넘었건만, 오히려 살은 차츰 빠지고 눈 침침하며 피부는 거칠어졌다. 규칙적으로 꾸준히 걸어야 한다는 지침을 제대로 수행하지 않은 때문이다. 반면 친구는 먹던 당뇨약 끊을 정도로 건강이 좋아졌다. 그는 의사의 권고를 꾸준히 루틴으로 돌렸고, 나는 그렇게 하지 못한 것이다.

세상의 위대한 이들은 모두 묵묵히 열심히 루틴을 돌렸다. 그 성과가 기록이든 기술이든 과학이든 문화든, 고집스레 루틴을 반복 수행한 결과이다. 평창동계올림픽 컬링의 영미 신화는 루틴화의 성과를 잘 드러낸다. 지겨운 연습을 몇 년씩 루틴하게 반복 또 반복하였다. 루틴의 지속만큼 어려운 것은 없다. 그래서 공자도 "오래도록 하는 이가 없다"(民鮮能久矣)며 실천의

어려움을 말씀하셨다. 예절도 품성도 관계도, 몸에 익고 마음
에 새겨지도록 루틴의 능구(能久)가 답이다.

　한 해가 저물었다. 돌아보니 올해도 역시 작심삼일이었다.
잘 짠 루틴을 연초에 잠시 돌리다 말았다. 중년의 성인병 다스
리겠다는 운동도, 생각의 가지를 쳐 곧추세우겠다는 독서도 다
헛된 다짐이 되었다. 역시 플랜보다 액션이라, 끊임없는 루틴
의 수행이야말로 만사의 왕도이다. (2018.12.13.)

미련은 아름다운 숙려

장례는 주검의 수습 곧 땅에 묻거나 화장하는 예절, 상례는 사람의 죽음에 관계된 예절이다. 그러면 장례는 상례의 일부이다. 3·1운동은 1919년 1월 21일 붕어한 고종의 인산일이 3월 3일이라, 그 예행연습을 틈탄 거사였다. 고종의 장례는 자그마치 42일이었다. 그 전통의 3년짜리 상례가 이제는 1주일 이내로 줄었다.

근래는 3일짜리 얄팍한 장례마저 무너지고 있다. 퍽 많은 주검이 장례식 없이 병원 사체안치소에서 곧바로 화장장으로 옮겨진다고 한다. 장례는 망자 잘 가시라고 차리는 예의지만, 그러나 뒤에 남은 이들도 이로써 위안을 얻고 서러움도 풀어낸다. 그러니 빈소 빌릴 돈도, 조문할 지인도, 접대할 소용도 없는 이들의 곤궁이 읽힌다.

삼우는 초우·재우 거쳐 매장한 날부터 3일째 제사이다. 이를 제외한 전통상례의 사망 3개월 후 졸곡, 1년 후 소상, 2년 후 대상이 모두 사라졌다. 또 대상 1개월 후, 곧 죽은 지 2년 1개월째의 탈상(상례를 마침) 의식인 담제도 치르지 않는다. 더러 절에서 49재 올리기도 하나, 아무튼 우리가 통상 3년으로 아는 과거의 상례가 2년 1개월에서 이제 딱 1주일 정도로 줄었다.

이렇게 돌아가신 날로부터 6일째 삼우제를 끝으로 탈상이니, 1년 되는 날 지내던 과거의 상례 '소상'이 이제는 기일날 지내는 제례 '기제사'로 성격이 변하였다. 상례와 제례는 마음가짐에서 다르다. 상례에서는 여읜 슬픔을, 제례에서는 혼령을 만나는 기쁨을 드러낸다. 우제에서 대상·담제까지의 상례는 슬픈 흉례이고, 기제사나 명절 차례는 기쁜 길례이다. 그래서 기제사 참례는 세배처럼 남자 기준으로 왼손을 위에 포개에 잡는다.

소상은 연제(練祭)라고도 한다. 수질은 짚에 삼 껍질 감은 두건, 요질은 짚과 삼을 엮어 왼새끼로 꼰 허리띠이다. 굵은 삼베옷 입은 유족들은 남자의 경우 머리에 수질을 쓰고, 여자는 허리에 요질을 둘렀다. 죄인을 자처하며 거친 의복 차림으로 자숙하는 것이다. 이런 차림으로 1년 후 소상 치르면, 비로소 굵은 삼베옷을 벗고 "거친 천 부드럽게 눅인(練)" 천으로 만든 흰옷을 입는다. 그렇게 하여 또 1년 1개월 더 지나 탈상까지 입는 옷이 연복(練服)이다. 연마한 옷, 부드러운 입성이다.

국어사전의 미련(未練)은 "깨끗이 잊지 못하고 끌리는 데가 남는 마음"이다. 소상을 치르고 나서, 그간 걸치던 거친 옷을 부드러운 연복으로 갈아입는다. 미련은 본디 "연복(練服)을 입을 때가 되지 않았다(未)"는 뜻이다. 그렇다면 이 잊지 못하는 끌림 '미련'은 뜻밖에도 기한이 1년으로 정해져 있는 셈이다. 요즘 사랑의 파탄과 이별 즈음하여 등장하는 말 미련은, 이처럼 어원이 망자를 잊지 못한 아픔에 닿아있다. 미련은 그 이별이 기껏 1년도 채 안 되었다는 행위적 경계요, 그 시간적 제한이 정서적 제약으로 확장된 것이다.

상중의 절제된 입성이 미련의 유래임을 아니, 미련을 품는 것이 어쩐지 꺼림칙하다. 그러나 한편 생각하면 그 잊지 못하는 마음이 새로운 대상을 향한 게 아닌 만큼, 미련은 사람의 도리이고 사랑이다. 다만 이 말을 지금은 달달한 사랑 타령에 붙여 노래로 부르니 느낌이 가벼울 뿐이다. 게다가 그런 미련에 엮인 사랑은 그것이 이미 되돌릴 수 없거나 축복할 수 없는 사련이기 십상이라 개운하지 않다.

갈수록 세상 강퍅해진다. 사체안치소에서 화장터로의 직행을 경제적 궁핍으로 변명하였지만, 그러나 슬픔이나 우애가 옅어져 그리하는 경우도 없지 않을 터다. 이 무례와 비례가 안타깝다. 미련은 사실 망자보다 뒤에 남은 자 스스로를 위한 숙려로서 더 소중하다. 미련은 아름다운 숙려이다. (2019.11.15.)

행복은 어디에서 왔고 또 오나

너도 나도 쉽게 축복을 건네고 행운도 빈다. 그렇지만 남의 축복과 기도로 내게 없던 복이 덜컥 생길 리는 없다. 행과 불행도 요행일 뿐이니, 그것을 당연히 주어질 삶의 여건으로 알면 안 된다. 행운의 도래와 불운의 습격 둘 다가 등거리에 있다고 봄이 현실적이다. 한자 축복(祝福)의 자의를 짚어보면, 축복은 나의 치성과 간구 즉 스스로의 여축을 돌려받는 것이다. 복은 스스로 짓기 나름이며, 남에게 베풀기와 신령께의 기도를 부지런히 해야 할 당위가 여기에 있다.

다행(多幸)과 행복(幸福)의 행(幸, 다행 행)은 뜻밖의 좋은 운이다. 이 글자가 어떻게 다행 즉 '뜻밖에 일이 잘 되어 운이 좋다'는 뜻을 품게 되었는지는 알 수 없다. 필자는 "죽는 줄 알았는데, 죽지 않고 갇혀서 좋다"로 이해한다. 그나마, 뜻밖에, 최악을 면한 상황이 된 것이다. 그러므로 반대로 불행(不幸)은 '행이나 다행이 아닌 상태' 즉 최악이다. 우리말 다행과 같은 뜻으로 일본에 다행과 행다(幸多), 중국에 대행(大幸)과 만행(萬幸)이 있다. 한자문화권 전체가 모두 행(幸)을 '뜻하지 않은 좋은 운'으로 이해했던 것이다.

'행복'은 한국인이 가장 좋아하는 낱말 중 하나이다. 이 말은 1895년 조선왕조실록에 처음 등장하는데, "인세의 질서를 유지하고 사회의 행복을 증진하라"는 표현으로 나타난다. 그런데 이 말은 일본 명치유신 시기 1866년 서양문물을 수입하면서 처음 등장하였다. 공리주의자 벤담의 유명한 말 '도덕은 최대 다수의 최대 행복을 목적으로 한다'를 번역하면서. '행복'(幸福)이란 말을 새로 만들어 영어 해피니스(happiness)를 대체하였다.

필자 어릴 때만 해도 연하장에 '새해 복 많이 받으세요.'라 썼지, '행복하세요.'로 적은 기억이 없다. '복'을 쓸 때는 다복(복이 많음), 유복(복이 넉넉함), 박복(복이 엷음) 같은 말을 썼고, '행복'은 사용하지 않았다. 그래서인가, '행복'이란 말에서는 어쩐지 청춘과 뉴웨이브, 신식의 느낌이 든다. 반면 '다복'과 '유복'에서는 구수한 청국장 내음 떠도는 따뜻한 겨울 안방이 생각난다. 부모님 앞에 나란히 절하며 드리던 덕담 "새해 복 많이 받으세요~" 아련하다.

한국인이 가장 사랑하는 말 '행복'은 실상 일본에서 왔다. 그러나 이 한국인 최애 일본말 '행복'에는 물론 민족성이 없다. 필자는 '해피니스' 번역어를 찾은 일본인들의 깊고 따뜻한 고민에 경의를 표한다. 많은 철학과 배려가 담긴 조어이다. 행복은 일상의 소소한 성취와 만족과 기쁨일 뿐이며, 그마저 바라거든 원하는 바를 낮추라는 의미도 담았다. 복은 그것이 내게 주어지길 바라기 전에 우선 남에게 지어 줘야 할 낮춤의 실천을 요한다. 공짜로 걸린 행복은 복이 아니다.

철학자 김형석 교수께서 행복해질 수 없는 부류 둘을 꼽았다. 하나는 정신적 가치를 모르는 사람이다. 물질이나 권력, 명예를 좇는 사람에게는 만족이 없기 때문이란다. 다른 하나는 이기주의자이다. 자신만을 위해 사는 사람은 인격 곧 그릇의 크기가 작아 담을 수 있는 행복도 적다고 한다. 행(幸)은 '그나마 다행' 같은 표현처럼, 최악만을 면한 최소한의 성취와 만족이다. 행복은 기대를 낮추어 자족하고 감사하는 중에 찾아지겠다. (2021.04.21.)

동화와 현실 오가며

파울로 코엘료의 소설 『11분(Eleven Minutes)』은 도입부에서 자못 도발적 문장으로 독자의 시선을 붙든다. "우리는 삶의 매 순간 한 발은 동화 속에, 또 한 발은 나락 속에 담근 채 살아가고 있으니, 그냥 이렇게 시작하도록 하자. 옛날 옛적에 마리아라는 창녀가 있었다." 여기서 '옛날 옛적에'는 환상적 동화의 영역이고, '창녀'라는 직업은 외면하고 싶은 비루한 나락, 즉 현실일 터다.

서늘한 통찰에 고개 끄덕이면서도, 다른 주석을 달고 싶다. 사람은 차디찬 현실에 한 발을 딛고 있지만, 동시에 다른 발은 구원과도 같은 동화의 나라를 디뎌 균형 잡고 사는 존재라고 말이다. 이 글쓰기도 일종의 동화이다. 오늘 무엇을 먹고 살 것인가 고민해야 하는 빡빡한 생존의 문제 아니요, 외면하고픈 채무나 책임의 영역도 아니기 때문이다. 일상의 고단함 잊기 위해 떠나는 주말 산행 또한 하나의 아름다운 동화다.

성인이라면 누구나 주 5일간 직장 등 일터에서 시달린다. 가정 안에서의 삶도 다르지 않다. 누군가의 아내나 어머니로서 치러야 할 뒷바라지는, 숭고하지만 소모적이다. 이 생활의 다툼, 애씀, 그리고 불편의 감수는 피할 수 없는 현실에서의 중력이다. 그리고 그 중력에만 몸을 맡기면 정서가 팍팍해진다. 일과 외의 시간, 집 밖에서의 해방감, 취미 생활, 혹은 술자리에서 맛보는 자유는 모두 동화일 것 같다. 어쩌면 우리가 '나'로서 숨 쉴 수 있다고 믿는 모든 순간이, 현실이라는 나락을 견디게 하는 동화라 하겠다.

현실에 힘을 주는 삶은 경제적 안락과 사회적 지위를 보장한다. 그러나 때때로 허무를 만난다. 반대로 동화의 나라에 깊이 들어가면, 그 로맨틱한 실제의 발판이라 할 현실 자체가 무너진다. 부지런한 개미의 삶도, 풍류쟁이 베짱이의 삶도 정답일 수 없다. 무게를 적절히 안배하는 지혜가 필요하다. 지독하리만치 현실에 집중하다가도, 어느 순간 동화의 나라에 풍덩 빠져 영혼을 씻어야겠다. 여러 개의 아바타를 갖추고, 상황에 맞춰 적절히 가면 바꾸어 쓰는 응변적 삶, 이것이 윤택한 삶을 사는 유연함이다 실현 불가한 연애 감정에 설레고, 유치한 취미에 탐닉함도 동화적 삶이다. 온전한 하루는 아폴론의 뜨거운 태양과 아르테미스의 서늘한 달빛이 원만하게 자리를 바꿀 때 완성된다. 밝음과 어둠, 의지와 감성, 선과 악은 늘 대척점에 서 있는 듯하지만, 어느 한쪽이 다른 한쪽을 완전히 소거할 수 없는 공생적 관계인 것이다.

삼겹살 구우니 지글거리며 매캐한 냄새가 올라왔다. 살 타는 냄새와 일산화탄소에 숨이 거북하다. 그러나 무엇을 굽든 거북한 들숨은 피할 수 없다. 더욱이 누군가가 뱉은 날숨이 나의 들숨이 되면 여간 거북하지 않다. 숨이 턱끝까지 차오르는 질주의 마당에 역풍이 불어 앞서 달리는 이의 거친 날숨이 내 코로 스며들면, 그 체취와 섞인 이산화탄소는 퍽 고역이다. 나의 생존을 위한 호흡이 타인에게는 고통일 수 있음이다.

바람은 어디에서 일어 어디로 부나. 내가 선 곳은 앞인가 뒤인가. 내뱉는 호(呼)와 들이마시는 흡(吸)은 하나의 짝이다. 내가 뱉은 것이 다시 내게 돌아오거나, 내가 마신 것이 남의 날숨임을 잊지 말아야겠다. 나의 날숨이 남의 들숨에 불편이지 않기를 소망한다. 나아가, 나의 따뜻하고 깨끗한 날숨이 누군가의 식어가던 심장을 뛰게 하는 생명의 들숨이길 소망한다. (2018.08.03.)

행복은 소소 일상의 기쁨

　사형할 죄인의 형 집행을 미루고 수갑을 채워 옥에 가뒀다면, 죄인이나 가족들 마음엔 천만 다행일 것이다. 꼭 죽을 줄 알았는데 살았을 뿐더러 구명할 시간도 벌었으니 불행 중 다행이다. 갑골문 幸(다행 행)자는 구멍 2개의 위아래에 자물쇠가 달린 수갑 모양이다. 수갑을 채운 상태인지 풀린 상태인지 의견이 갈리지만, 執(잡을 집)자가 수갑 차고 꿇어앉은 사람이니 幸(행)은 아마도 수갑을 채웠을 것이다. 이 수갑 찬 글자 幸(행)을 오늘날 행운처럼 해석하니, 필자는 이 죄수를 사형에 처해질 사람이라 한 것이다. 다행이니까. 그래서 '다행(多幸)'이란 말 앞에는 '그나마'라는 관형어를 붙여 '최소한'을 강조한다.

　한자 祝(빌 축)의 오른편 兄(만 형)은 본래 제사장으로, 벌린 입

(口, 입 구)이 강조된 사람(人, 사람 인)이다. 나서서 말하는 사람이요, 기도하는 제사장이다. 示(보일 시)는 제단인데, T자형 제단과 그 위에 어른거리는 혼령(一)의 모습이다. 그래서 '祝'(축)은 제단이나 신령 앞에 무릎 꿇고 기도하는 제사장으로 '기도하다, 빌다'를 뜻한다. 축문(祝文)이라는 말에서 기도의 뜻이 명확히 드러난다. 갑골문의 福(복 복)은 제단(示, 보일 시)에 술병 또는 술독(畐, 가득할 복)을 더한 것이다. 福(복)의 본래 의미는 신령에게 바쳐진 술단지이다. 공물이면서 치성이다.

행(幸)은 죽지 않고 살게 돼 좋은 운이다. 축(祝)은 신령 앞에 말로써 비는 것이며, 복(福) 역시 신령에게 드리는 정성이었다. 한자의 본래 뜻을 살피니, 행복(幸福)은 뜻밖에 매우 소박하여 '다만 최악을 면하였으므로' 좋은 것이다. 축(祝)과 복(福)은 둘 다 절대자에게 드리는 나의 간구요 치성이다. 오늘날 쓰이는 의미에서의 '복'을 내가 받았으면 좋겠으나, 그러기 위해 먼저 신령이나 남에게 여쭙거나 받들어 올리는 전치절차인 것이다. 그런 면에서 근래 자주 쓰이는 말 '복 많이 지으세요'는 썩 좋은 표현이다. 거의 행운(幸運, good luck)처럼 쓰이는 말, '복'은 그것이 덕처럼 차곡차곡 쌓거나 짓는 것이라서, 남이 받으라 했다고 내가 얻을 수 있는 게 아니다.

축(祝)이나 복(福)이 내게 주어졌다면, 그것은 누군가의 기도나 희생에 대한 갚음이다. 반면 행(幸)이나 운(運)은 그러한 노력 없이 얻거나 바라는 요행이므로, 축복과 행운의 격은 꽤 다르다. 그러므로 축과 복이 적덕이나 기도 같은 노력 없이 주어졌다면, 그 축복은 어쩌다 생긴 행운과 다를 바 없겠다. 그래서 'luck'는 우리말로 '행운'보다 '운'에 더 가까우며, 이 운은 'good luck'(다행, 행운)과 'bad luck'(불행, 불운)을 모두 포괄한다.

너도 나도 쉽게 축복을 건네고 행운도 빈다. 그러한 축복과 행운의 기도가 고맙기는 하지만 반드시 좋은 운수와 결과를 얻지는 못 한다. 결국 남의 애씀과 기도가 있더라도 나의 노력 없이 축복이 주어질 리 없다. 축복은 자신이 여축한 것을 스스로 갖다 쓰는 것이다. 행운은 다만 재수 좋아 걸린 요행일 뿐이요, 그러므로 행운만큼의 불행도 함께할 것이다. 이 모두 스스로 짓기 나름이다. 신령에게 기도하고 남에게 베풀기를 부지런히 해야 할 당위가 여기에 있다.

한자로 보니 행복은 소소한 일상에 있었다. 가족관계와 사회생활, 건강과 취미 같은 일상에서 얻는 즐거움과 만족이 중요하다. 괴롭거나 슬픈 일이 있고 삶이 만족스럽지 못하더라도, 맑고 밝은 긍정적 감정을 애써 부양해 즐거워해야겠다. 행복과 불행, 만족과 불만이 모두 마음이다. 자족할 줄 알고 감사하는 마음으로 기대를 살짝 낮추면 행복하고 만족스럽다.

(2018.07.22.)

쩧고 까불어야 지지고 볶네

[어떻게 살까] 관계와 소통

늘 생각하는 것이 '개념'입니다. 함께 사는 삶, 곧 사회와 소통하는 잣대이기 때문입니다. 늘 이 개념, 곧 사회적 통념을 잊지 말아야 겠습니다. 마지막 장에서는 흐트러진 본래적 기준을 생각하고, 갈등의 봉합도 생각하며, 리더십과 팔로워십의 관계도 짚어보았습니다. 어느새 고약스러운 뒷담화로 전락한 말 '쩧고 까불기'는, 심상 '지지고 볶기'라는 행복한 마련 앞에 꼭 필요한 과정입니다. 사회적 부대낌 역시 더 나은 공동체로 가는 절차입니다. 순혈 의식을 경계하고, 이심전심의 가능성을 험의하며, 제값 주고받는 정직한 관계를 꿈꿉니다. 쩧고 까불어 귀한 알곡을 빚읍시다.

쓰임 따라 달라야 할 순도

금은 K로 순도를 나타낸다. 순도 100%인 금을 24K라 하고, 전체 중의 순금 비율에 24를 곱하여 K값을 구한다. 그러니까 25%의 불순물이 섞여 순도 75%인 금은 (75/100) x 24 = 18K, 순도 58%인 금은 14K가 된다. 또 K는 소수점 이하를 표기하지 않으므로 순도 98%(이 경우 K는 23.52) 이상이면 순금과 동일하게 24K로 표기한다. 한편 애초부터 순도 100%로의 정제는 현대과학으로도 물리적 불가 영역이라 하니, 세상 만사에 있어 온전한 순수는 다만 추구해야 할 하나의 지향인 것같다.

사실 순도 98% 이상인 24K 금은 환금성이나 저장성 외에 활용도가 낮다. 살펴보면 모든 순수한 것들의 쓸모는 제한적이다. "나, 당신 죽으면 따라 죽을 거야"라는 배우자의 순애를 보자. 감격적이고 사랑스런 서사이긴 하나, 자식과 부모 두고 따라 죽는다면 그런 무책임이 또 있으랴. 지극한 애정의 표현이요 사랑의 지향점일 뿐, 정작 그래서는 안된다. 불순물 25%를 넣어 18K쯤 돼야 반지 같은 액세서리를 만들 수 있고, 14K라야 단단한 것을 씹어 삼킬 의치로 쓸 수 있으며, 만년필 펜촉은 16K를 사용한다. 순도가 낮을수록 쓰임은 늘고 편리는 더해진다. 생각하면 불순물이라는 표현도 하나의 물질을 택해 순수라고 정의한 탓에, 나머지 순수한 성분들이 의미를 잃은 것 아닐까 싶다.

시금석은 귀금속을 문질러 순도를 판정하는 돌판이다. 의미를 확장하여 "하노이회담 결과는 북미관계의 시금석"처럼 역량이나 가치를 판정하는 기준이 될 사물과 사건을 비유적으로 이르기도 한다. 시금은 순도의 시험일 뿐, 순도가 높다 하여 좋은 점수를 주지는 않는다. 감성 표출이나 업무 수행이나 물품 제조에 있어, 때와 곳과 쓰임에 따른 최적 순도는 각각 다르다. 높은 순도와 청정 순수가 답은 아니다. 다만, 순도를 자율할 수 있는 능력의 견지는 중요하다고 할까?

어머니 여읜 상주가 조문객을 맞는다. 물끄러미 영정 사진 바라보며 눈물 쏟아 꺼이꺼이 울다가, 수십년 만에 찾아온 친구 반가워 얼싸안고 웃는다. 방명록을 보다가 박하게 부조한 친구를 향해 분을 내기도 하고, 주방 아주머니 음식 낭비에 야

단도 친다. 그러다 슬픔에 젖어 다시 통곡한다. 젊을 때 생각에 어머니 돌아가셨는데 어디 밥이 넘어가겠나 싶었으나, 살다 보니 이러한 희노애락의 진솔한 표현이야말로 순정임을 알겠더라.

세련(洗鍊)이란 수없이 물에 씻겨(洗) 닳고, 불에 불려 거푸 두드린(鍊) 후 얻어지는 간난신고의 아름다운 격조이다. 세련을 순수의 사촌쯤으로 여기는 이도 있다만, 두 단어 사이에는 다가설 수 없는 간극이 있다. 세련은 일정 불순의 중첩으로, 어둡고 험한 과정을 돌파하여 다다르는 바람직한 경지이다. 오늘의 세련 곧 깔끔하고 원만한 태도나 행위는 그 안에 과거의 수많은 더러움과 실패와 아픔 같은 상처를 품고 있다.

기미년 독립만세운동 100주년이다. 그러나 오늘날도 한반도를 둘러싼 강대국의 드잡이질은 그때에 비해 다를 바 없다. 정부 당국자들이 지나치게 순수하지는 않은지 걱정이다. 내면에 바른 이념과 높은 자존감 지녀야겠으되, 약육강식의 국제정치에서는 불순과 노회함이 일정 요긴한 덕목이다. 명목보다 실질이니, 정치인들이 국익을 놓고 욕심도 부리고 술수도 섞었으면 한다. 국내 정치권의 자기 진영에 대한 지나친 순정 요구로, 진보와 보수 간 갈등이 좀체 줄어들지 않는다. 14K, 18K처럼 양 진영을 녹여 넣는 합리적 타협이 필요하다. 이러한 바탕에서 힘을 결집하고, 그 넘치는 역량이 나라 밖으로 분출되길 간절히 바란다. 영롱한 아침 이슬은 불순한 티끌을 씨앗 삼아 모인 수분의 응결이다. (2019.03.07.)

잡종 세상의 순혈 의식

문학작품에서 '잡초'나 '이름모를 꽃' 같은 표현은 어쩐지 치열하지 못한 느낌이다. 풀이나 꽃에 대한 작가의 상식이 부족한 것 아닌가 생각되기도 한다. "내가 그의 이름을 불러 주었을 때 그는 나에게로 와서 꽃이 되었다" 하지 않던가. 그래서 들국화로 퉁치기보다 망초, 쑥부쟁이, 벌개미취, 구절초로 변별하는 작가의 사랑과 관심은 한층 돋보인다. '섞일 잡'(雜)이 붙은 낱말은 어감이 좋지 않다. 잡일은 자잘한 일, 잡부는 막일꾼이다. 잡소리나 잡초, 잡념도 각각 쓸데없는 잔소리와 쓸모없는 풀이나 생각으로 이해된다. '잡(雜)'은 본래 여러가지가 섞이거나 모인 것이다. 그렇다 보니 자연 어수선하거나 순수하지 못함, 낮고 천하다는 의미가 추가되었으리라.

서로 다른 것들이 한데 섞인 '잡스러움'이란 낱말이 부정적 의미로 소비되어 씁쓸하다. 잡(雜)의 부정적 활용에는 변별하지 않는 게으름과 무관심이 담긴 것같기도 하다. 내 일 아니고 자세히 알지도 못하면 잡무라 치부하기 쉽고, 전공 분명하지 않은 글은 잡문이라 한다. 나와 연인의 얘기는 정담이라 하면서, 남이 그렇게 소근거리면 잡담이라 한다. 이처럼 어떤 낱말에 '잡'이라는 모자를 씌우는 행위는 일정 무관심이나 무지일 수도 있다. 그래서 '잡'의 서로 다름과 그것들의 섞임에 유의하여 잡종을 생각해 본다.

잡종을 뜻하는 말 '하이브리드' 기술을 적용한 차는 유류와 전기처럼 서로 다른 2가지 연료를 모두 사용한다. 형편과 효율에 맞춰 연료 갈아쓰니 퍽 실용적이고 창의적이다. 절에서는 대개 대웅전 뒤로 칠성각과 산신당을 배치한다. 이전의 토속신앙 도교와 무속을 끌어안음인데, 이같은 배려가 불교에 대한 거부감을 줄여 주었다. 이것은 각각 기술이나 종교의 섞임이다. 동성동본 금혼이라는 전통은 순혈의 폐해에 대한 경고를 담고있다. 통계청 자료에 따르면 2017년 현재 국내 외국인 수가 148만 명에 달하니, 동성동본 금혼의 의미 확장을 고민할 때이다. 귀에 친숙하여 국내자본으로 알고있지만 주식 소유에서 외국 기업인 경우도 많다. 한국은 더이상 홀로 경제를 꾸릴 수도, 안보를 장담할 수도 없게 되었다.

서로 다른 여러 종의 섞임, 곧 잡종을 다른 말로 표현하면 융합이나 창의가 된다. 4차산업혁명을 대표하는 AI, 5G통신, 빅데이터 같은 기술은 모두 이종 기술의 복합이나 융합이다. 대학의 복수전공이나 융복합학과 같은 학제 간 합종연횡도 역시 잡종우세 판단을 바탕에 깔고 있다. 잡종은 두 개의 서로 다른 종 입장에서 보면 중심에서 먼 변방, 다른 세계와의 접점이다. 그런데 이 변방은 대단히 역동적이다. 문화적 차이에 의한 대립을 부단히 절충하고, 언어와 기술을 번역 소개한다. 그러나 사회와 문화가 이미 하이브리드 잡종임에도 불구하고, 국민의식은 현실을 따라가지 못한다. 근거 없는 순수와 순종 지향의 정서가 아직도 면면하다. 그래서 프론티어인 모든 분야의 선두 잡종들은 이른바 순종으로부터 비난받는다. 죽도 밥도 아니라 하고, 새인지 쥐인지 밝히라 하며, 양다리 걸치지 말라는 경고도 듣는다.

순종은 태생에서 흐트러짐을 보이지 않는다. 그러나 이 말은 동시에 순종이 창조적 다양성을 갖추지 못하였다는 거증이 된다. 이종이나 잡종의 다름을 인정하지 않고 틀리다 한다. 게다가 순혈주의는 갈수록 순혈을 강조한다. 밖에서 보면 다만 불통과 독선에 다름 아닐뿐인데. 근래 한반도를 둘러싼 정치, 경제, 군사적 주장에 지나친 순종주의는 없는지 모르겠다. 대립

되는 의견의 절충은 달리 말해 건강한 잡종의 생산이다. 그리고 이 절충은 일방의 승리가 아닌 쌍방의 양보에서야 가능하다. 명분만 챙기다 실리를 잃는 경우나, 그 반대 둘 다 옳지 않다. (2019.07.19.)

파랑 빨강 섞어 보라

수수꽃다리 보랏빛 꽃향기 감미로운 5월이다. 푸른빛이나 붉은빛 도는 보라색 노루귀는 진즉에 피었고, 봄바람에 납작 엎드린 청자색 제비꽃 지천이다. 하늘하늘 날씬한 허리 휘젓는 연보라 얼레지와, 조로록 사이좋게 앉은 적자색 금낭화도 한창이다. 진보랏빛 튼실한 엉겅퀴 꽃이 곧 뒤를 댈 터다. 꽃들이야 물론 모양과 때깔 모두 예쁘지만, 그중에 더욱 고고하고 예쁘기는 역시 보랏빛 꽃이다.

보라색은 적자, 자주, 연분홍, 연보라, 진보라, 청보라처럼 조금씩 다른 스펙트럼이 다채롭다. 서양의 보라에는 푸른 빛 도는 청자색 바이올렛과 빨강이 보태진 자주색 퍼플이 있다. 그러나 대체로 또 포괄적으로는 '퍼플'을 많이 쓰는 것 같다. 본래는 라틴어로 파랑과 빨강이 어슷하면 비올라(제비꽃), 빨강이 짙으면 푸르푸라(염료용 조개), 파랑이 강하면 휘아킨투스(히야신스)로 나누었다. 바이올렛은 비올라, 퍼플은 푸르푸라가 그 어원이다.

　'天文'은 하늘의 별자리 현상 또는 그것을 살핌이다. 하늘에는 북극의 자미원을 중심으로 사방에 28수 별자리가 벌여 선다. 동양인들은 28수와 해와 달 및 오성이 연출한 상황이 그대로 지상에 투영된다고 믿었다. '금단의 성'(Forbidden City) 쯤으로 이해하는 자금성은, 하늘의 자미원(紫微垣)에서 비롯하였다. 하늘의 천제처럼 땅의 천자가 거하는 곳이다. 서양의 퍼플(purple)처럼 동양에서도 보라(紫, 보라 자)는 위엄과 고귀의 상징이었다. 신비롭고 화려하며, 강력하고 희망찬 색이다. 그렇기 때문에 또, 이 색깔에 어울리지 않는 성품과 상태에서는 외려 천박함이나 불안 또는 병약이 된다.

　천지현황(天地玄黃)을 '하늘은 검고 땅은 누렇다'고 한다. 하늘은 푸르고 땅은 붉다는 뜻이다. 하늘과 땅(=백성)의 중개자는 천자 곧 임금이다. 빛의 삼원색 블루와 레드와 그린 중에 블루와 레드를 섞으면, 색의 삼원색 중 하나인 보라색 마젠타가 된다. 그래서 하늘(파랑)과 백성(빨강)을 잇는 중재자 황제는 보라색으로 상징을 삼고, 그의 거처를 자금성이라 하였다. 서양도 마찬가지라서, 지금도 추기경 입성은 진홍색이다. 보라색을 처음 시내버스에 입혔을 때 사람들이 왠지 낯설어했던 것도, 이 색이 과거 오랫동안 일반에게 허용되지 않았던 때문 아닐까 싶다.

이번 21대 국회의원 선거에서 위성 비례정당을 포함해 더불어민주당 180석, 미래통합당 103석, 군소정당과 무소속 17석이 되었다. 여당 60%에 제1야당 34%이다. 정당 지지율은 조금 달라서, 더불어시민당 33%에 미래한국당 34%로 야당이 조금 우세를 보였다. 사실 이번 선거에는 정부의 적절한 코로나-19 대응이 한몫 제대로 한 것 같다. 경제가 하향곡선 그린 지 오래지만, 코로나-19에 의한 경제 위축이 이를 가렸다. 이러한 평가가 적지 않음을 정부 여당은 앞으로의 정책에 겸허히 반영함이 옳다.

선거 후에 아쉽기는 패배한 후보의 공약이 사장되는 것이다. 낙선한 후보들이 평생의 신념으로 준비한 훌륭한 지역적 제안들이 퍽 아까우니, 이를 당선자가 대신 챙기는 게 옳겠다. 이번 선거에서 더불어민주당은 파랑, 미래통합당은 빨강을 상징색으로 삼았다. 국회의사당에 푸른색이 압도적으로 짙어지겠는데, 필자는 21대 국회가 파랑과 빨강으로 겉돌지 말고 화합하여 섞이길 바란다. 파랑이 더 우세하니, 잘 섞이면 퍼플보다 더 곱고 멋진 바이올렛이 나오겠다. 코로나-19 대응으로 국격이 한껏 높아졌으니, 국회도 이에 걸맞게 보랏빛 존엄과 희망을 연출하였으면 참 좋겠다. (2020.05.08.)

코로나-19 이후, 효율과 선호

페이스북이 지난해 게시물을 띄워준다. 고교 동기 송년모임에 백여 명이나 모여 풍악을 울려라, 부어라 마셔라 질펀하였음을 당시의 글과 사진이 증명한다. 그런데 어쩐 일인가, 마치 까마득한 옛 일처럼 낯설다. 10년 이상 붙박이었던 송년회 장소는 안타깝게도 올 여름 문을 닫았다. 활동할 수 없었으므로 회장단 임기는 1년 연장되었고, 올해 송년회는 물론 취소되었다. 동기들 모두 올해 환갑임을 떠올리자 갑자기 비감해진다. 2020년 한 해, 그 따뜻하게 간직해야 할 추억이 인생에서 증발하였다.

지난 여름 '모롱이'라는 작은 모임을 만들었다. 산모롱이 정도의 가벼운 걷기에 문화탐방을 엮어 매월 한 차례씩 만난다. 수락산, 천보산과 송추계곡, 우이령, 한탄강을 걸었다. 회암사지와 온릉, 김삿갓길과 교외선에서 인물과 역사, 교통과 물산, 현재와 미래를 이야기하였다. 내달에는 도봉동 시영아파트 방

어벽, 의정부소풍길 유래인 천상병 시인의 집터, 서계 박세당 사당 등을 묶어 들러볼 참이다. 필자는 이 열 명 안팎의 소모임에서 페스트 창궐 당시의 사교를 떠올렸다. '10일간의 이야기' 데카메론은, 역병을 피해 모인 사람들 10명의 이야기집이다.

코로나-19 감염증 상황에서 올해는 대학 역시 많은 어려움을 겪었다. 교수들은 녹화와 실시간 화상강의에 애를 썼다. 대면수업의 양념이던 농담이 사라지자 강의 밀도는 한층 짙어졌다. 오프라인 강의만 했던 어떤 교수가 비대면수업 준비가 고통스러워 퇴직을 고민하는 모습도 보았다. 그러나 우여곡절 뚫고 연말에 서서 보니, 교수들의 수업 품질은 눈에 띄게 좋아졌다. 올해의 고생 덕에, 그분들의 내년도 비대면수업은 외려 퍽 수월할 것도 같다.

학생들의 이른바 캠퍼스라이프도 증발하였다. 그런데 일찌감치 1학기에 드러난 학생들의 태도는 뜻밖이다. 대면과 비대면 수업에 대한 선택에서, 비대면 선호가 월등히 높았다. 이러한 상황은 얼핏 비대면수업에 따른 수업료 감액 요구와 배치되기도 한다. 학생들은 온라인수업의 여러 긍정성을 교수들보다 훨씬 많이, 그리고 일찌감치 알고 있었던 것 같다. 자기주도학습에 익숙하다면, 비대면수업의 시간과 학습 효율은 대면수업보다 훨씬 크다. 고교 시절부터 입시 준비하면서 이미 충분히 그

환경에 적응한 것이다.

코로나-19라는 재난 상황만 소거하면, 불가피한 온라인 활용과 지리적 제한은 외려 오프라인 환경보다 높은 경제 효율과 시간 절약으로 나타난다. 시야를 해외출장 같은 데로 넓혀보자. 이미 정착한 온라인방식의 안방 회의와 상담은, 단체와 기업들이 당면한 2021년 경영계획과 그 계정항목 사이에 큰 변화로 나타날 것이다. 절감된 사회적 자원은 어떻게 분배될까. 크게 보아 공식적 업무 비용과 시간이, 개인적 문화 소비로 전환되지 않겠나. 올가을 여덟 건의 경조사 중에 두 건만 얼굴을 디밀었다. 대신 친구를 만나거나 가족들과 보냈다.

대규모 동창회가 없어지자 친한 벗들과의 조촐하고 푸근한 자리가 생겼다. 경조사나 의례적 모임이 줄고 '모롱이' 벗들과의 지역사회 이해와 문화 활동은 늘었다. 따분한 허례에 쓰이던 자원을 즐거운 기호에 돌린 셈이다. 우려스럽게만 보이는 비대면 현상이, 사실은 선호도와 효율을 높였다. 태풍이 지나며 한바탕 뒤집어 놓으면 생태계가 건강해진다. 코로나-19 백신과 치료제가 곧 우리를 자유롭게 하겠지만, 세상은 이전으로 돌아가지 않을 것 같다. 연말이다. 이 변화된 현실을 2021년 설계에 어떻게 녹여 넣을 것인가. (2020.12.11.)

발전적 해체와 혼란스런 파격

격물치지(格物致知) 풀이는 분분 어지럽다. '격(格)'의 뜻풀이가 물리치다, 만지다, 재다, 헤아리다, 바로잡다, 제한하다 등 학자마다 달라서 그러하다. 본래 의미에서 '격'은 곧게 자라 반듯한 재목이다. 네 기둥과 받침만의 층층이 책이나 문방구 놓는 가구 사방탁자를 가격(架格)이라 한다. 사방탁자는 완자창 격자(格子) 무늬처럼 직각으로 굽어 반듯하다. 영어 소셜룰(social rules)은 격식, 스탠딩(standing)과 클래시컬(classical)은 지위, 랭크(rank)와 그레이드(grade)는 등급인데, 이것들은 모두 격(格) 또는 그 격의 수준이다.

행동이나 솜씨가 어떤 수준에 이르렀음을 이르는 말 '제법'이 그 나름의 법(法)이라면, 이때 제법은 곧 '제 격(格)'이다. 만물은 모두 저마다의 격을 지닌다. 문장에서는 주격이니 관형격이니 하는 어격(語格)을 말하고, 사람은 정신에서 인격(人格)과 품격

(品格)이 요구되며, 육체는 골격(骨格)이 좋아야 멋진 체격을 갖춘다. 격에는 또 층층 격차가 있어서 자격과 합격 여부에 따라 올려 격상·승격하거나 반대로 격하·실격에 처한다. 신격이건 인격이건 품격이건 '격'에는 모름지기 격조가 있어야 한다. 격조(格調)는 잘 어울려 합당하고 아름다운 완성이다.

격의 따짐은 관계를 살핌이다. 사람은 경계에 서서 자신을 봐야 한다. 격의 주체인 나와 객체인 주변을 구분하고 그에 맞게 처신해야, 비로소 자격과 품격을 지녔다는 말을 듣는다. 나와 남의 중간에서 생각하지 않으면 어떻게 다르고 무엇이 같은지 모른다. 남과 견주지 못하면 격을 잴 수 없어 우스운 꼴이 된다. 우물 안 개구리가 비웃음을 사는 이유는, 우물 바닥이 다인 줄만 알고 다른 세상을 모르기 때문이다. 수많은 집단과 모임과 사람이 그 격에서 모두 다르다.

사람은 인격(人格)을 지닌다. 인격은 신분, 기술, 재력 따위가 아닌 됨됨이다. 그런데 인격 개념이 보편화된 시기는 오래지 않다. 오랫동안 집단 속 인간만 있을 뿐, 개인의 자존적 삶은 없었다. 자의식을 인정받지 못한 평민이나 노예에겐 인격도 없었다. 인격이 없으니 사유와 언행에서의 품격도 물론 없다. 인격은 개인이 지녀야 할 품위라서, 사회는 이를 적극 보장함이 옳다. 그런데 이 품위와 품격은 또 종종 자존심이 되기도 한다. 격에 맞지 않으면 그만둠이 옳다. 그러나 격에 권위와 자존심을 넣어, 하지 말아야 할 것은 하고 해야 할 것을 하지 않기도 한다.

여기 파격이 있다. 『똑같이 생긴 꽃잎들이 정연히 달려 있었는데, 다만 그중에 꽃잎 하나만이 약간 옆으로 꼬부라졌다. 이 균형 속에 있는, 눈에 거슬리지 않는 파격이 수필인가 한다. 한 조각 연꽃잎을 옆으로 꼬부라지게 하려면 마음의 여유가 필요하다』(청자연적) 이때의 파격은 아름다움의 완성 그 너머이다. 단계의 도약, 숨 가빠 오른 절정 너머 새로운 지평이다. 그러나 격을 깸─ 파격(破格)은 대체로 바탕에서 그르다. 문화예술의 발전적 해체 같은 것에나 마땅하지, 질서와 규범 등 사회적 약속에 들이댈 것이 못된다. 인지상정과 사회상식을 벗어난 승격이나 실격은 갈등만 부른다. 최근 어느 여대생의 최고위직 공무원 임용은 그래서 불편하다.

유엔무역개발회의가 한국을 선진국 그룹에 넣었다. 원조 받으러 들어간 나라가 선진국으로 공인되기는 기구 57년 역사에서 처음이다. 기분 좋은 국격(國格)의 상승이다. 그러나 이에는 책임과 의무가 수반된다. 그 바탕에서, 우리들 개개인의 품격 또한 격조 있게 고양되어야 한다. (2021.07.14.)

나는 고문인가 고문관인가

고문의 고(顧)는 '돌아보다, 생각하다', 자문의 자(諮)는 '묻다, 꾀하다'이다. 고문은 풍부한 경험으로 회사나 단체에 의견을 제시함 또는 그러한 사람이다. 비슷한 말 자문은 어떤 일을 효율적으로 처리하려 전문가나 전문기구에 물어봄 또는 그에 답하는 사람이나 조직이다. 고문은 대개 경험 많은 어른이 조직의 전반적 사안에 대해 의견을 낸다. 자문은 삯을 치루고 고용한 전문가에게 의견을 내라고 당당히 요구하여 얻는다. 다니는 직장의 고문역과 자문위원 떠올리면 금방 이해될 터다. 물러난 벼슬아치나 경영자를 고문으로 모시면, 그들은 툭툭 말로 거들거나 주선한다. 변호사 같은 전문가 돈으로 부려 물으면, 이들은 땀 흘려 쓴 보고서 제출하고 자문료를 받는다.

조직은 이런저런 도움을 받고 뒷배 대려 고문과 자문을 둔다. 그런즉 그런 직함 부여하고 활용하지 못하면, 일의 효율은

잃고 그저 보기 좋으라 병풍만 둘러 세운 꼴이다. 어떤 조직은 처음부터 아예 그럴 목적으로 고문을 두기도 한다. 고문과 자문 입장에서 보자. 자문이야 돈 받고 하는 일이니 일감 안 주면 외려 잘됐다 하고 말 것이다. 그러나 고문 직함 달고서 조직에 아무런 도움도 되지 못하는 사람은 다만 뒷방 늙은이일 뿐이다. 고문 직함을 지녔거든, 모름지기 이러한 세평 감안하여 가끔씩 자신을 추스름이 옳겠다.

직책과 역할의 성찰은 고문과 자문에 그치지 않는다. 사회생활 하다 보면, 어떤 사람은 차라리 그가 자리에 없어야 조직이 살아날 답답한 경우도 접한다. 자리에 앉힘은 정해진 업무분장 따라 역할 하라는 명령인데, 더러는 능력이 모자라 외려 조직의 성장과 건강에 병폐로 작용한다. 시기와 방법이 적절치 않아 피해만 끼치기도 한다. 원칙에 반하는 처결로 불화를 부르고, 추구하는 가치를 훼손하기도 한다. 비단 조직의 장이나 고문, 자문뿐이 아니다. 참모는 조직이 도모하는 바에 참여하는 직분이다. 참모로서 제 맡은 분야에 대한 의견을 적극 개진하고, 이로써 대표와 조직의 바른 결정에 도움이어야 한다.

부서 편제와 업무 분장이 불분명한 조직, 공적 영역에 사적 친분 작용하여 실세가 따로 존재하는 회사는 곤란하다. 그런 조직은 일이 산으로 간다. 부서나 직분 맡은 이 모두 손에서 일을 놓고 책임에서 멀어지려 한다. 규정과 역할은 명확하고 투명해야 한다. 어떤 조직이든 정관이나 규약에 그 단체의 존재 이유와 역할을 밝혀 놓는다. 가끔 그 문구들 살펴 방향 되짚고, 규칙과 지침 따라 절차가 바른지 따져보자. 주변 둘러보아 일의 빠짐이나 중복은 없는지도 점검하면 좋겠다. 조직이 대표 혼자의 힘으로 돌아갈 리 없다. 위로는 단체의 장과 그 참모들이 잘 추진하여야 겠고, 밑으로는 성원들이 따뜻한 위로의 말로 또 때로는 날선 비판으로 질타해야, 그래야 겨우 본래의 목적을 향해 나아간다.

가정이든 직장이든 국가든, 우리는 모두 어떤 조직의 성원으로서 각기 직분을 지닌다. 나는 조직의 장인가, 고문인가, 참모인가. 내가 이 자리를 차고앉은 탓에 조직의 성장과 화합에 외려 짐이 되지는 않았나. 나와 후배의 자리가 바뀌어야 더 나아지는 건 아닌가. 한국동란 중 미국이 파견한 군사고문이 한국군 부대에 배치되었다. 이들 중 한국의 실정과 말에 어두운 일부가 의사 표현과 행동이 엉뚱하였다. 어리석거나 굼뜬 사람 일컫는 말 '고문관'은 그래서 생겼다. 풍부한 경험으로 도움 되는 고문이 될 것인가, 직함에나 희희낙락하는 만족하는 고문관에 머물 것인가. 지금은 새로 시작할 때이다. (2022.01.05.)

갈등이 서로를 해치던가

갈근탕은 칡뿌리로 만든다. 목·허리 당기고 오슬오슬 추운데, 땀나지 않고 감기 증세 있을 때, 눈·귀·코의 염증이나 두드러기·천식에도 마신다. 두통과 근골격계 질환 등에까지 두루 듣는 탕약이다. 한약 냄새 나서 몸에 좋겠거니 싶어 자주 마시는 것에 쌍화탕도 있다. 작약과 숙지황으로 만드는 쌍화탕에 대해 '기와 혈을 쌍으로 조화롭게 해 주므로 쌍화'라 설명한다. 그렇지만 쌍(雙)이 둘이요 화(和)가 좋은 분위기임을 감안하면, 실은 음양의 조화가 목적이라 짐작된다. 실제로 동의보감에는 '방실후노역 혹 노역후범방', 즉 부부관계 후에 피곤하거나 피곤한데 관계 맺으려거든 마시라고 적어 놓았다. 정기가 상한 사람, 정신력 흐려진 이, 화를 자주 내서 간이 상하였을 때도 마시는 에너지드링크라 하겠다.

어려서 산자락으로 칡뿌리 캐러 다녔다. 어른들이 삽과 곡

괭이 갖춰 지게에 지고 올라가 한나절 할 것을 꼬맹이들이 달랑 야전삽 하나로 가능하랴 만은, 마침 칡은 낮은 산자락에서도 잘 자랐다. 그래서 꼬맹이들도 자잘한 칡뿌리 몇 개는 캐서 희희낙락 질근질근 씹었다. 밝은 색 고운 옷에 든 누런 칡물로 하여, 저녁나절 어머니께 등짝깨나 얻어맞고 한바탕 야단 들었을망정. 칡은 낮이면 땅거죽 살짝 녹는 초봄 땅 질척해지는 따지기에 캔다. 추위 물러나 괭이로 20~30센티미터만 파면 얼지 않은 땅이라 어렵지 않았다. 그러나 캐기 쉬워졌다고 봄철에 칡을 캔 것은 아닌 것 같다. 슬슬 먹을 것 떨어져 나무껍질 풀뿌리라도 찾아야 할 춘궁기 가까워졌음이다. 양분의 축적은 잎사귀 다 떨구고 활동 막 멈추었을 때, 먹을 것 없는 눈밭의 겨울 대비해 살찌우는 늦가을일 터다. 그러나 그때는 사람도 가을걷이한 것 풍족해 눈 돌리지 않을 뿐이다. 이치로 보아 열매도 짐승도 뱀독도 가을날에 더 성하고 실하지 않겠나.

국내에서 등나무는 칡보다 덜 친숙하다. 냉온대 식생의 칡은 전국에 넓게 분포하지만, 식생이 난온대인 등나무는 매서운 추위에 약한 탓이다. 그래서 그 각자가 선호하는 기온대가 겹치는 곳이라야

칡(葛, 갈)과 등나무(藤, 등)를 함께 볼 수 있다. 칡은 숙주 되는 나무를 시계 반대 방향으로 돌면서 오르고, 등나무는 그 반대로 감아 올라간다. 이를 옆에서 보면 칡은 오른쪽으로 돌면서 올라가고, 등나무는 왼쪽으로 돈다. '갈등'은 목표나 이해가 서로 다름 또는 그에 따른 충돌 상태를 말한다. 이 말은 칡과 등나무의 조합이면서, 또 두 넝쿨의 감아 올라가는 방향이 서로 다름에 유의하여 만든 관념어이다. 어떤 이는 이 말을 일본어라 하지만, 갈등은 조선왕조실록에도 빈번히 등장하는 우리 선조들의 고민거리였다.

갈등, 칡과 등나무 사이에는 분명한 질서와 불간섭이 있다. 서로의 입장과 방향 갈려도, 기댄 나무 다르거나 여정 조율하면 공생에 문제될 것도 없다. 넝쿨 무성하게 퍼져나간 '만연(蔓延)'은, 무질서가 아니라 보이지 않는 질서 속의 왕성한 상생이다. 갈과 등은 서로를 해치지 않는다. 대통령선거 앞두고 진영 간은 물론 사회적 갈등이 최고조에 이르렀다. 그렇지만 갈등 없이 정반합의 앞으로 나아가는 조율과 상생이 가능한가. 갈등은 계속 생기게 마련이고, 또 드러내야만 관계가 튼튼해진다. 다만 화동(和同)할 수 없는 원구(怨溝)를 깊이 파지만은 말 일이다. 선거 이후를 생각하자. 아무렇거나 쌍화차 한잔 놓고 마주앉아야 할 사이 아닌가. 틀림까지를 다름으로 가꾸려는 여유와 지혜 절실하다. (2022.02.09.)

무한소통 시대의 이심전심

비 개인 날 아침 하늘은 더욱 맑다. 그렇지만 그 깨끗한 대기에도 코로나 바이러스와 미세먼지와 무수한 전파는 가득하다. 과학자들이 소리를 전기신호로 바꿔 전파에 실어 주고받는 기술을 개발한 후, 이제는 문자와 그림과 영상까지 전달하지 못할 것이 없다. 전자기파 존재를 처음 확인한 헤르츠는 "우주 공간 어디든 냄새도 무게도 빛깔도 없는 에테르가 있어서 전파를 전달한다." 하였다. 옛 사람들에게는 아무것도 없는 허공이었으나, 지금은 생명과 에너지와 파동이 넘친다. 우리가 발견하지 못한 새로운 무엇이 미래에 또 나올지 모른다. 은하 저편에서 보낸 외계의 인사, 돌아가신 어머님이 건네는 당부, 마음에만 품고 발설하지 못한 사념이 서성이며 때를 기다리는 건 아닐까. 과학 발달은 의사전달 방법의 진화인 것 같다. 밤의 불과 낮의 연기로 산마루 징검징검 전하던 변고가, 말 갈아타며 건네던 소식이 이제는 거리와 위치 불문하고 발신과 동시에 수신된다. 특정 전파에 실어 허공에 날린 정보를 무선라디오는 튜너 돌려 받아들인다. 이러한 전기회로의 주파수 공진이나 공명을 이르던 말 '동조(tuning)'는 어느덧 일상의 언어가 되었다. 바야흐로 무한소통의 시대이다.

　하늘에서 꽃비가 내리자, 석가가 꽃 한 송이를 집어 (염화. 拈華) 말없이 대중에게 보였다. 다들 영문 모르는 중에 가섭만이 그 뜻을 깨닫고 빙그레 웃는다. (미소. 微笑) 이 염화미소 후에 석가는 "마음으로 전하는 뜻을 네가 알았구나. 진리를 너에게 주마." 하셨다. 진리는 대화나 문자가 아니라 마음에서 마음으로 통하는 것이라는 말씀, 곧 이심전심(以心傳心)의 유래이다. 불립문자와 교외별전이라는 고차적 깨달음이 담긴 이 어려운 말 '이심전심'이 오늘날은 절집 밖으로 나와 대중을 만난다. '이심전심'은 굳이 행동과 언어를 통하지 않고도 의사를 전하는 통신수단이다. 그렇지만 이 최초의 '이심전심'에서조차 꽃을 집어 드는(염화) 움직임과 웃음(미소)이라는 반응은 동원되었다. 또 그렇게 어느 정도 의표를 드러내었어도 오직 가섭만이 알아차렸을 뿐이다. 그런데 오늘날의 소통은 천리를 바로 눈앞인 듯 좁혔고, 소리와 글과 동작 무엇에든 막힘이 없다. 전할 마음만 있으면 어떤 시간적 장소적 장애도 없는 즉답의 동기화시대이다. 이심전심의 점잖을 뗄 이유가 없다. 눈빛과 미소만으로 마음 알아주면 좋겠지만, 이는 무척 어려운 노릇이다. 말하지 않았으니 듣지 못함은 당연하다.

　예의 바르고 점잖은 우리나라 사람들이지만 외려 '미안하다'는 말에는 인색하다. 길거리에서 어깨 부딪거나 승강기에서 방귀를 뀌어도, 무표정한 얼굴로 거지반 모르쇠다. 자신의 처지를 말로 풀어내지 않으면서, 그러나 남이 이심전심 이해해 주기를 바란다. 그렇지만 이런 수동적 태도는 상대의 오해를 부를 뿐이다. 미안할 때 미안하다, 고마울 때 고맙다 하는 것이야말로 에티켓의 기본이다. 태도와 표정까지 보탠 분명한 말로 의사를 전함이 옳다. 남이 나의 마음을 몰라준다고 상대의 둔감을 섭섭해 하기에 앞서, 스스로 분명히 전달했는지 되짚어 보자. 이전에나 통했을까, 이심전심은 현대에 그다지 바람직하지 못한 의사 표현과 소통 방식이다. 그러나 역시 일이나 관계나 감정에 있어 이심전심은 도달하고픈 지향점임이 분명하다. 이렇게 하면 될까. 남이 보아 나의 생각과 행동이 예측 가능해야겠다. "저 상황과 표정과 몸짓이라면, 그는 이렇게 행동할 것이다!" 하는, 평소 행동과 생각에 어떤 일관성과 믿음이 형성되어 있어야겠다. (2022.04.06.)

소통의 전제 '개념' 다잡을 때

'굿'은 음식 차려 놓고 춤과 노래로 신령에게 길흉 조절을 비는 무속이다. 동시에 이 말은 그러한 목적의 여러 의식들을 망라한 표현이기도 하다. 광의의 굿은 혼자 손바닥 비비는 비손, 한둘이 비는 푸닥거리, 두엇이 베푸는 살풀이며, 다수가 크게 치르는 협의의 굿까지를 포함한다. '푸닥거리'는 잡귀 같은 부정한 것 때문에 병들었다고 판단해 치료하려고 벌이는 소규모 제의이다. 본인이 직접 하든 무당 부르든 간단한 주술로 잡귀를 쫓는 약식 무속이다. 절차도 [잘 대접하면 또 찾아올까 봐] 간단한 제물을 바가지에 담아 맨 바닥에 놓고 중얼중얼 비는 것으로 끝이다.

반면 살풀이는 나쁜 기운이 문제 일으키기 전에, 그 뭉친 살을 풀어내는 굿이다. 이때는 곡식 담고 떡도 빚어 여럿이 참여하므로, 조촐한 푸닥거리보다 규모와 차림이 크고 부산하다. 푸닥거리는 이미 발생한 질병의 치료가 목적인데, 살풀이는 화를 미연에 방지하자는 예방적 조처이다. 이리 개념 잡으니 옛날 군대에서 취침점호 후 당하거나 가했던 푸닥거리와 살풀이가 확연히 구분된다. 큰 판 살풀이는 선임이 주도하나 푸닥거리는 후임도 했다. 푸닥거리는 벌어진 사안의 좌우지간 봉합을 목적하나, 살풀이는 싹수 보아 예견되는 바를 막자고 다잡는 것이다.

티격태격 그러나 조용히 처리하면 푸닥거리, 여럿이 소리도 좀 나게 선임부터 줄줄이 가혹하게 했다면 살풀이다. 아무튼 그때 날마다 푸닥거리와 살풀이 벌인 연유는 이른바 바른 개념의 정립과 주입에 있었다. 개념 없이 굿판 벌인 선무당이 더 많기는 했다만, 그러나 그 무당들 주장으로는 외려 후임들의 무개념이 굿판을 불렀다. 개념(槪念)이란 특정한 사물이나 현상에 대한 일반적 지식이다. 여러 관념 속에서 공통된 요소를 뽑아 종합해 얻은 어떤 보편적 관념이다.

'평미레 개(槪)'는 말질할 때 알곡을 말 위로 수북하게 쌓고 이를 싹 밀어 깎아내는 홍두깨 닮은 몽둥이다. 네가 말질하든 내가 됫박질하든, 네가 사든 내가 팔든 공평한 잣대이다. 개(槪)는 덜 것도 더할 바도 없이 누구든 똑같이 인정하는 기준이다. 이 개(槪)자 써서 '개론'은 누가 가리키든 어디서 배우든 똑같은 공통적 기본적 이론이다. 깔끔한 일반적 통념이다. 잔가지 치고 잡소리

걸러 개(槪)로 묶으면 외연이 넓어져, 조금씩 달라 상관없던 것들도 이윽고 하나가 된다. '묶을 괄(括)'자 써서 개괄이라 한다.

옛날군대의 푸닥거리와 살풀이는 대개 집단 질서와 위계에 대한 개념이 부족하다 하여 벌어졌다. 그런데 오늘날의 우리 사회에 만연한 무개념은 어찌 하나. '무개념'이라기보다 개념의 파괴 내지 자기들만의 다른 가치관과 정의가 횡행한다. 이것이 질서 무너지고 소통이 막히는 원인이다. 개념상 진보는 「정도나 수준이 나아지거나 높아짐. 변화나 발전의 추구」이고, 보수는 「보전하여 지킴. 전통과 현재를 옹호함」이건만, 시방은 이 말을 거의 '좌파·우파'처럼 사용한다. 심지어는 진보와 보수를 각각 선과 악으로 보는 이도 있다.

개념은 인식의 틀이며 세상을 보는 눈이며, 소통의 기준이다. 19세기 말 극동의 섬나라 일본이 발흥한 배경에는 앞선 서양 문물들의 개념을 일본어로 옮기는 충실한 작업이 있었다. 개념이 일관되고 반듯해야 문화 발흥하고 소통 원만해진다. 정의가 서로 다르면 합의는커녕 소통도 막힌다. 물론 개념도 불변일 수는 없어 가끔 추슬러 재정립하여야 한다. 그렇더라도, 일단 사회가 합의한 개념은 누구든 예외 없이 인정하고 받아들여야 한다. (2023.02.16.)

제 값은 치르고, 대가는 받아야

사회관계망서비스(SNS)에 푹 빠졌다. 자다 눈뜨면 습관적으로 페이스북 '좋아요'와 댓글을 확인한다. 유튜브를 보면 한두 시간은 금세 그야말로 날이 샌다. 이렇게 몰입하는 데는 AI가 비슷한 성향의 콘텐츠를 연신 띄워준 탓도 있다. 그러니 어느새 점점 편향적 생각을 하게 된다. 그러나 SNS와 인터넷의 정보 공유를 집단지성이라고도 한다. 이용자들이 익명의 불특정 일반인이지만, 그러한 특성 때문에 기왕의 소수 언론이 이끌던 것보다 훨씬 넓고 바른 여론과 지식을 형성한다고 본다. 기존 언론인 신문과 방송의 위상은 급격히 위축되고 있다. SNS계정은 개인적 소소 일상과 시각을 어느덧 사회적 파급력 지닌 이슈와 뉴스의 반열로 밀어 올렸다.

SNS는 과거와 판이한 소통 방식이다. 공간과 시간 제약 없이 관계가 다양한 영역과 방식으로 확장된다. 그렇지만 이는 중요하지 않은 외형일 수도 있다. SNS에서의 재잘거림(트윗)은 사실 독백에 가까운 개인적 입장이다. 그런데 이것은 동시에 혼자 아닌, 남들 들으라고 확성기 틀어 전파하는 광장의 웅변이다. 지인에게 보내는 문자나 전화 통화가 아니라, 불특정 다수를 향한 주장이다. 한편 온라인 구독자는 대체로 기존 오프라인 관계인(人)이 아닌, 알 수 없고 관계도 없는 이들이다. SNS의 독백이나 주장은 친분 있는 사람뿐 아니라 모르는 이들을 실체적 관계인 듯 확장하고 끌어들인다. 기존과는 다른 새로운 방식의 대인관계를 형성한다.

이러한 활동에는 수익 창출이나 비용 지출이 따른다. 구독자가 대가를 지불하지 않아도 유명 계정에는 광고가 붙든, 스폰서가 생기든, 유명세를 타든 이익이 생긴다. 그뿐 아니라 힘을 얻어 사회적 영향력도 발휘한다. 더욱 문제는 심지어 그 기사나 주장이 사회적 통념이나, 사회 정의나, 사건의 진실에서 먼데도 불구하고 파워와 소득이 생긴다는 점이다. 얼핏 보다 민주적이고 평등할 것 같은 SNS 소통이 외려 종종 자유평등과 언론자유의 한계를 더욱 뚜렷이 드러낸다. SNS가 중립적 객관적 집단지성을 형성하여 기존 언론의 한계를 돌파할 것 같지만, 그러한 기대에 반하여 반지성적이거나 당파적이고 비윤리로 흐르는 경우를 곳곳에서 찾을 수 있다

언감생심, 오프라인에서 제3자는 아는 사이에도 호·불호의 표현 조심스럽다. 건강하고 정당한 비판마저 마음 무겁고 꺼내기 어려워, 가능한 한 완곡하게 포장하여 조심스럽게 입술을 뗀다. 그러나 온라인 안에서 사람들은 너무 쉽게 절제와 균형을 잃는다. 단박에 쿡쿡 '좋아요'나 '싫어요'를 누르고, 대면으로는 못 할 말을 자극적 언사로 달아맨다. 그뿐인가, 알지 못하는 이의 댓글에 달려들어 비난하거나 지지를 보낸다. 그런데… 이 내질러 속 시원할 폭탄 투하에는 아무런 비용도 치이질 않는다. 새빨간 거짓말과 욕지거리가 모두 엄청 싸다, 공짜다!

한 초등학교 교사가 극단적 선택을 했다. 그러자 SNS에 국회의원 갑질이 원인이라는 가짜뉴스가 돌고, 유명 유튜버도 가세해 확산시켰다. 하다하다 혼외자라는 모략까지 유포한다. 공짜인 데다 돈벌이도 되자 생긴 일탈이다. 국가는 무선국이 쓰는 전파에 사용료를 부과한다. 전파가 중요한 공공재라서 그 관리·진흥에 필요한 경비를 조달하는 것이다. 그러니 공공의 무선과 방송에 대한 사용료 면제에도 공정과 공공성을 평가함이 옳다. 최근의 어떤 시청료 거부 여론에는 이에 대한 국민의 비판적 평가가 배어있겠다. 오프라인 온라인 불문한 모든 매체나 계정의 보도와 전파는, 반드시 제값을 치르고 또 대가도 받아내야 한다. (2023.07.27.)

리더십보다 중요한 팔로워십

　요즘 정신병원에는 성인 조현병 환자 대신 청소년 우울증 환자가 훨씬 많다고 한다. 학교에서 점수 경쟁에 치이다 사회에 나오니, 일자리 부족한 메마른 사막이다. 리더를 꿈꾸었으나 현실은 녹록하지 않다. 자신의 낮은 성과와 주변의 높은 기대가 부딪혀 우울증이 생기고, 그래서 은둔하거나 이런저런 중독에 빠진다. 시선을 정치권으로 돌리면 서로들 "내가 제일 잘났다"는 악다구니 속에 타협할 줄 모른다. 앞에서 리딩하겠다고 나서는 이들 넘치나, 뒤에서 팔로우잉하겠다는 사람은 드물다. 순항하던 대한민국호가 장차 산으로 가게 생겼다.

　리더들은 과거보다 훨씬 대중을 이끌기 어렵다. 신체적 경제적 자유가 증진되어 새로운 리더십이 요구된다. 윗사람은 존경받고 아랫사람은 복종하는 일상적 관계도 되짚어봐야 한다. 복종의 스트레스 어루만지는 부드러운 리더십은 얼핏 약한듯하지만 오히려 강력하다. 한편 이러한 낮은 자세의 리더십은 곧 팔로워십과 통한다. 리더십(leadership)의 반대말은 팔로워십(followership)이다. 지도자(leader)가 리더십을 발휘할 대상인 추종자(follower)의 행동양식과 사고체계를 가리킨다.

그런데 팔로워십은 '통제 대상이 지닌 행동과 사고'라기보다, 오히려 조직이 잘 돌아가게 리더를 적극적으로 돕는 역량을 말한다. 리더들이 수직적 관계로 착각하기 쉽지만, 객관적으로 리더와 팔로워는 서로 영향을 주고받는 관계이다. 차이는 리더십이 상사로서 부하에게 영향력을 행사하는데 반해, 팔로워십은 부하 고유의 특성과 행동이라는 점이다. 어떤 사회나 조직이든 리더가 존재하지만, 그러나 또 구성원 없는 '나홀로' 리더는 존재할 수 없다. 바람직하고 건강한 조직에서는 부하가 상사의 바른 리더십 발휘를 적극 유도하고 지원한다.

요즘 젊은이들은 주관이 뚜렷하다. 과거에는 튀기 싫어 소극적으로 행동했지만, 지금은 거리낌 없이 의견을 피력한다. 젊은 사람들이 대체로 조직 안에서 추종자라고 볼 때, 이들은 바람직한 팔로워십을 발휘하는 것이다. 이 건강한 팔로워십이 이제는 장년과 노년에게, 직장뿐 아니라 사회 특히 정치에 널리 퍼져야 한다. 상황이 어려울수록 다양한 의견이 요구되고, 리

더십 못지않게 팔로워십이 요구된다. 리더의 독단적 결정에 조
직은 병든다. 리더가 팔로워의 의견을 적극적으로 수용하는 문
화가 확산되어야 한다.

필자 다니는 대학은 졸업생 취업을 중요한 덕목으로 다룬다.
그래서 늘 최상위 취업률을 유지한다. 그 성취 요인 중 하나로
교훈 중의 충효인경(忠孝仁敬)과 자강불식(自強不息)을 꼽겠다. 충
효, 인애, 존중의 품성과, 쉼 없이 갈고닦는 실천적 태도를 거
듭 강조한다. 그런데 생각하면 이러한 가치관과 태도는 팔로워
십에 가깝다. 중소대학 학생들 실력이 서울 일류대학 학생들에
견주어 높다고 할 수는 없다. 그러나 구성원으로서의 건강한
태도와 적극적 참여, 그리고 지칠 줄 모르는 진득한 태도의 팔
로우십이 빚은 성과라고 생각한다.

어떤 학자는 팔로워십이 조직 성공의 8할을 좌우한다고 본
다. 분야와 조직마다 리더십 강좌가 널렸다. 그렇지만 현실은
백에 아흔아홉이 팔로워 입장이다. 배워야 할 것과 가르침이
이렇게 달라서야 직장과 사회와 국가가 제대로 작동할 수 없
다. 리더십보다 중요한 것이 건강한 팔로워십이다. 리더들부터
듣고, 따르고, 참여하는 방법을 배워야 한다. 앞에 나서 "팔로
우 미!(follow me)"를 외치려면, 그에 앞서 팔로워가 되고 팔로우

잉할 줄도 알아야겠다. 지금은 리더보다 팔로워의 태도가 절실
한 때이다. (2024.02.01.)

배역보다 관객에게 집중하길

얼굴 뜻하는 한자 面(면)의 갑골문은 머리칼을 '一'로 처리한 얼굴 윤곽이다. 가운데 눈(目) 하나만 뚜렷한 걸 보면, 포인트는 역시 눈이다! 얼굴에 쓰는 탈을 가짜 얼굴 곧 가면이라 한다. '귀신 귀(鬼)'는 가면 쓴 사람, '두려울 외(畏)'자는 창을 든 귀신이다. 의식에서 두려움과 공경 드러내려 사람들은 가면을 썼다. 그러나 사실 가면에는 영혼이 없다. 남북한이 서로 비방하던 말 '괴뢰정권'의 괴(傀)는, 제 주장 없이 남의 손끝에서 놀아나는 인형극 꼭두각시이다.

선사시대 암벽화에 가면 쓴 사람들이 보인다. 사냥 잘 되길 비는 주술이다. 이 풍요와 평화 기원하던 주술은 별개의 축제와 예술로 발전한다. 가면 여럿 갖춘 탤런트가 때와 곳에 따라 얼굴을 바꿔서 연기한다. 희랍의 배우들이 썼던 가면이 페르소나(persona)이다. 이 말에는 '소리(sonare)를 통해서(per)'라는 의미가 담겼다. 배역은 가면과 목청에 달렸다! 페르소나의 방점이 얼굴 아닌 소리에 매였다니, 여기에 깊은 뜻이 담긴 것도 같다. 이 낱말 페르소나에서 이윽고 '역할'과, 그 역할 맡은 사람인 퍼슨(person)과, 성격 이르는 말 퍼스낼러티(personality)가 생겼다.

아바타(avatar)도 페르소나와 비슷하다. 온라인과 가상현실에서 클라이언트 개개인을 대신하는 이미지 캐릭터 아바타는, 말하자면 손오공이 털 뽑아 훅~하고 불면 나타나는 분신(分身)이나 화신이다. 가상현실 속 아바타 역할에 익숙해진 제이크가, 영화 아바타에서 독백한다. "모든 것이 반대가 되었다. 바깥 세상은 현실이고 여기는 꿈이다. 예전의 삶이 희미해져, 이제는 내가 누군지도 모르겠다"고. 상이군인 제이크는 나비인가 장자인가. 나비족 전사는 아바타일까?

가면을 가리키는 말에 마스크(mask)도 있다. 낱말 페르소나, 아바타, 마스크를 놓고 보니, 이 가면들의 쓰임이 서로 다른 것 같기도 하다. 페르소나가 예술적 철학적으로 근사한 멋쟁이라면, 마스크는 환경적 물리적으로 살아가는 생활인, 아바타는 꿈과 현실을 매개하는 환상만 같다. 페르소나는 본래의 가면 자체와 그 가면의 배역인 듯하고, 마스크는 가면이라기보다 적당히 가리는 치장과 그 치장 도구였던 것도 같다. 속눈썹 가리키는 '마스카라'가 마스크에 엮인 말이다.

　배우는 페르소나를 수시로 바꾼다. 생각하면 '성부와 성자와 성령'의 서로 다른 위격도 하나의 진면목에 세 개의 페르소나 아닐까. 그랬을 때 가면은 하나의 방편이지, 거짓과 부정이 아니다. 사람은 누구나 여러 개의 가면, 페르소나로 살아간다. 닥터 지킬이면서 또 동시에 미스터 하이드이다. 옳고 그르고와는 별개로, 자리와 역할 따라 '남에게 인식되길 바라는 면'만 드러낸다. 나는 남편, 아빠, 남자이면서 선배, 후배, 친구이다. 아들인 나와 아비인 나는 둘이면서 하나이다. 때와 곳에 맞는 페르소나를 잘 골라 써야 지혜로운 삶이다.

　정권 바뀌자 없던 페르소나 등장한다. 배역을 맡아 새로운 아바타로 무대에 선다. 원하던 역할 바라면서 가면부터 쓰기도 한다. 무대에서 내려와 진면목을 찾는 이도 보인다. 분명한 점은 새로운 공연의 막이 올랐음이다. 능력과 쓰임에 맞는 배역을 맡거나 물러나야 한다. 아무렇거나 정작 중요하기는 이 공연에 울림과 재미가 있어야겠다는 점이다. 비극은 사양한다. 당신들의 배역에 충실하되 개인적 영화와 영예는 접고, 관객들의 즐거움에 집중하길 바란다. 객석에 앉은 이들의 호·불호 분명한 진면목도 살피면서 연기할 일이다. (2025. 07. 01.)

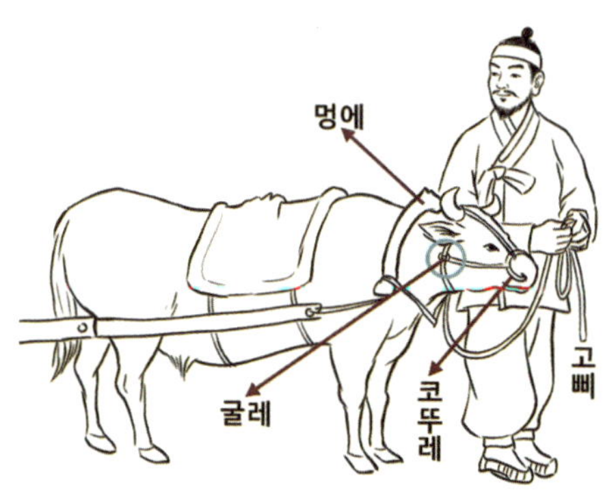

굴레와 멍에, 그리고 재갈

굴레와 멍에, 그리고 재갈. "부부의 멍에는 벗을 수 있어도 아비라는 굴레는 풀 수 없다"고 하면, 부부 사이가 틀어져 헤어질 때 올지 몰라도 아비로서의 책무는 끝내 저버릴 수 없다는 말이겠다. 멍에는 소 목덜미 위에 얹는 거꾸로 된 V자형 굵은 나무토막으로, 이 멍에에 의지해 수레를 끌거나 쟁기를 맨다. 멍에는 또 소나 말 머리에 얼기설기 옭아 놓은 끈 굴레에 의지한다. 이 굴레 역시 그 앞에 얽어 맬 빌미 있어서, 소의 코청 뚫어 꿰는 둥그런 코뚜레나, 말의 혀 위를 가로질러 양 어금니 밖으로 빼낸 재갈이 그것이다. 그러니까 재갈(코뚜레), 굴레, 멍에 순으로 구속의 고리와 끈은 이어진다. 굴레는 재갈이나 코뚜레에 이어지는 한편, 목덜미에 얹힌 멍에와 묶인다.

　게다가 사람이 손에 잡고 채서 다루려 마련한 줄 고삐까지 굴레에 달린다. 그러니 세 곳으로 연결된 굴레는 평생 벗을 수 없다. 재갈과 코뚜레 그리고 굴레는 벗을 수 없으나, 멍에는 수레와 쟁기 떼어낼 때 함께 벗겨 놓는다. 사랑의 멍에는 벗을 수 있으나, 아비의 굴레는 풀지 못한다. 부부간의 사랑을 멍에, 부자간의 정을 굴레라 함이 적절한지 모르지만.

　한편 생각하면 멍에와 굴레를 삶에서 운운함은, 그 삶이 팍팍하다는 방증일 수도 있겠다. 물론 아내와 자식이 내게 재갈을 물렸다는 말은 아니다. 내가 세상에서 지은 인연을 나의 숙명으로 알아 하나의 업(業)으로 표현하였을 뿐이다.

　한자로 재갈을 銜(함), 재갈물림을 啣(함)이라 쓴다. 기휘는 꺼리어 싫어하거나 피함인데, 군왕이나 집안 어른 이름자 함부로 부르기 거북해 입에 올리지 않고 피하는 조심이다. 입에 재갈(銜)을 물은(啣) 듯 어르신 이름자를 조심스레 여쭙는다. 그래서 어른 이름의 높임말은 함자(銜字)이다. 제사장이 공물 올릴 때 입김 닿지 말라고 입술에 무는 종이를 함매(銜枚)라 한다. 한 장의 재갈이다. 한밤중 소리 죽이려 말굽에 싸거나 병사의 입에 물렸던 나무토막도 함매이다. 함(銜)은 처음에 다만 말 재갈이었으나, 함부로 부르면 안 돼 삼갈 이름으로 의미가 확장되었다. 이들 한자의 본래 의미는 여직 팔팔하게 살아있어, 재갈(銜)이나 그 재갈물림(啣)은 오늘날 명함이란 말에 남아있다.

네임카드를 일본은 명자(名刺), 중국은 명편(名片)이라고 각기 다르게 적는다. 그렇다면 이에 해당하는 명함(名銜, 名啣)은 남의 이름을 높인 독특한 우리말이다. 조선왕조실록에서 이 명함은 오늘날의 이력서나 인사기록카드 정도로 쓰였다. 평소 꾸준히 기록해 두었다, 어떤 자리에 사람이 필요하게 되면 물망에 오른 이름에 그의 명함을 붙여 낙점할 때 참고자료로 삼았다.

살면서 누구나 다 명함 지녔었거나 지닐 필요를 느끼지는 않았을 터다. 또 번듯한 명함 지녔으되 바람직하지 않은 삶도 많다. 명함이 그의 능력에 대한 증명(license)인가 하면 꼭 그렇지는 않다. 유명짜한 회사일수록 명함이 직원의 몸값과 협상력을 실제 이상으로 부풀린다. 직장과 직책의 후광을 제 능력으로 아는 이는 세상에 많다.명함은 그래서 더러 순수하고 평등한 소통을 방해한다. 명함으로 하여 생각과 처신에 원치 않은 괴리도 생긴다. 명함 없는 이들의 인간적 교류가 훨씬 뛰어남도 쉽게 찾을 수 있다. 사람을 사람 자체로 보고, 남에게 다가

설 때 맨몸으로 부딪는 것이야말로 삶에서 지녀야 할 소중한 덕목이겠다. 명함 없어 진솔한 친구를 사귀고, 명함 없어 행동과 사유에서 자유로울 수 있지 않을까.

재갈과 굴레가 벗어날 수 없는 숙명이라면 멍에는 그래도 가끔 내려놓을 수 있는 부담이다. 살펴보니 재갈은 애초에 남이 내게 물린 것이었으나, 또 함자라는 말에서처럼 스스로 삼가야 할 처세이기도 하다. 힘들게 짊어진 멍에도, 그것을 내 삶의 명예와 함께 놓고 봄직하다. (2019.01.24.)

아내 말을 잘 들읍시다

선배 두 분과 늦은 밤 삼계탕을 나눴다. 동기생 부인 상을 당하여, 방금 남의 일 아닌 '내일의 내 일'을 보고 오신지라, 자연스레 건강이 화제가 되었다. 한 분은 암 수술 후 두어 해 지나 술도 홀짝홀짝 거지반 일상을 회복했으나, 다른 한 분은 한밤중에 사경 헤매다 병원 실려 간 후 이제 겨우 추스른지라 곡차는 언감생심, "어찌 감히 마음을 먹느냐!" 하고 스스로 경계하신다. 늘 마음 비우기 염원하는 분이나, 죽음에 대하여까지 마음 비울 생각이야 물론 없으시겠지.

푹 고아 흐물흐물, 살점 게게 풀어진 삼계탕을 마시듯 먹으며, 아무튼 목숨 부지하자고 위와 장과 소화에 대한 정보를 두 분 선배님께 듣는다. 생각도 일상도 어슷비슷하니, 후배로서 건강하지 못한 선배님들의 전철에서 오는 건강 훈계를 새겨들을 수밖에 없다. 실인즉 두 달 전 피검사 결과 놓고 의사로부터

"간 수치 높으니, 세 달은 금주하시오. 홀짝홀짝은 효과가 없
소! 자칫 간경화로 가는 수가 있소." 하는 잔소리도 길게 들은
터이다. 잔뜩 졸아서 금주 들어간 지 벌써 한달 반이 지났다.
어쩐지 근래 속이 좀 편해진 듯하다.

　막 건강 추스른 선배께서 효모가 몸에 좋다는 건강 정보를
꺼내 놓는다. 그러자 근래 얼굴 환해진 다른 선배가 거든다.
"몇년 째 하루 세 번 맥주효소 먹고 있지. 어떤가? 내 얼굴이
이팔청춘처럼 보이지 않는가?" 귀 얇은 후배로서 퍽 솔깃하다.
"그 물건을 어떻게 구해요?", "수입품이야. 독일 물건이지. 우
리 딸이 끊기지 않게 사서 보낸다네." 으쓱, 으쓱 자랑이다.

　사나흘 지나 사무실로 소포가 왔다. "어릴 적 추억의 맛 비
슷할 걸세. 지난 미팅 후 때마침 재구입 즈음이라 후배님 것까
지 여유 있게 샀네. 효과는 적어도 한 달 후니까, 꾸준히 먹어
야 하오." 하는 처방 겸 당부의 가지런한 엽서도 따라 붙었다.
성은에 감읍하여 바로, 권유한 다섯 알에 한 알 더해 물과 함
께 넘겼다. 그러고는 환약 납작 누른 태블릿 형태, 어릴 적 원
기소 닮은 알약인 그 맥주효소 포장지를 본다. 몽땅 독일어고,
영어는 없다. 까막눈이라, 독일 가 있는 막내에게 포장지 사진
을 보내고 설명을 들었다.

삼시 세끼 복용이라, 알약 포장 하나를 사무실에서 집으로 날라 식탁 위에 놓았다. 그러고는 아내가 궁금해할까 봐, 선배가 곱게 휘갈겨 동봉한 엽서를 효소 포장지 위에 얹어 놓았다. 필자가 평소 '아내가 챙겨 놓은 영양제 삼키기를 밥 먹듯 빼 먹는'지라, 이 양반이 웬 바람에 이런 걸 다 자시나— 싶을 것 아닌가. 의도가 제대로 전달되었는지, 별말씀이 없다. 그런데 이튿날, 똑같은 포장의 맥주효소 세 봉지가 선배께서 주신 효소 위에 턱 하니 더 얹혀있질 않나! '이 물건을 어떻게 이튿날 바로 구했지?'

순간 소름이 돋았다. 그 물건이 독일 가 있는 막내가 이태 전 잠시 귀국하며 들고 온 물건임을 깨달았다. 그때 분명 "좋은 영양제니까 꼭 챙겨 드세요" 하는 딸아이 당부까지 들었던 것 같다. 별 관심 없어서 먹질 않자, 아내가 곧바로 치워버렸을 터다. 집안 식구들 말 안 듣다가, 밖에서 누가 뭐라 하면 덜컥 실행하는 버릇이 필자 고질이다. 그런 경우 아내 늘 하는 표현이 "집에서 권하는 건 거들떠보지 않더니, 이번엔 또 누구 말에 넘어가서…"이다. 아니나 달라, "딸이 보낸 걸 몇년 째 묵히더니, 쯧쯧…" 타박 들어도 싸다. 아무튼 집 안팎에서 동시에 챙기니 효과도 확실하리란 믿음이 챙겼다. 선배님 고맙습니다. 딸아 네가 제일 고맙다. 여보, 반성할게요.

찧고 까불어야 지지고 볶네

어릴 적 밥이 지금보다 구수했다는 필자의 느낌은 단순히 아련한 향수의 작용만은 아닌 것 같다. 벼를 끼니때마다 소요만큼만 절구에 찧었으니, 늘 갓 도정한 쌀로 밥을 지었다. 곡식을 절구에 넣어 찧은 후 키로 까분다. 까불어서 덜 부서지거나 뉘처럼 탈각되지 않은 것은 다시 찧고 또 까불어 고른다. 절구에서 잘게 부순 곡식이나 애초부터 자잘한 알곡은 맷돌에 갈아 가루로 만들기도 한다. 절구질과 맷돌질 그리고 키질의 궁극은 고른 찧기와 고운 빻기라는 '좋은 식재료' 마련이다.

부수거나 짓이기는 찧기와 온전히 가루를 내는 빻기는 사뭇 다르다. 찧기가 다만 내리쳐 부수는 단순 동작이라면, 빻기에는 파쇄를 넘어 가루로 만든다는 목적이 담겨있다. 벼는 찧어 먹고 밀은 빻아 먹는다. 절구로는 벼를 타서 왕겨 벗기는 찧기와, 그렇게 나온 쌀알을 떡가루로 내는 빻기가 모두 가능하다.

어쩐지 찧기는 빻기보다 거칠고 미완성인 것 같은 느낌이다.

　선별의 키질에는 상당한 요령이 있다. 두 팔 동시에 올리고 내리면서 날리고, 팔 높이를 번갈아 달리하며 낱알 외로 모로 모은다. 씨알별로 모이면 잘금잘금 키 밖으로 덜어낸다. 등지고 앉은 바람에 실어 꺼풀이며 먼지도 날린다. 그러니 차락차락 까불기야말로 까불거려 될 노릇이 아니다. 입으로만 까불거려야 어느 세월 고르고 발라 밥 짓고 찬 만드나. 키질은 가벼운 까불기이다만, 동시에 천천히 묵직해야 까불어진다.

　물 조금 붓고 끓여 익히는 걸 다리거나 조린다고 하는데, 지지는 것을 달리 이르는 말이다. 기름 두른 번철에 익히는 걸 부친다고 하는데, 이것도 지지는 것이다. 불에 달군 것을 다른 데 대어 태우거나 눌리는 건 찜질인데, 이도 역시 지지는 것이다. 뜨끈뜨끈한 구들장 지고 누워 등짝을 방바닥에 지지기도 한다. 빗줄기 추적거릴 때 누름적 지져 놓고 마주 앉으면, 둘의 감성은 물론 이성까지 잘 섞여 지져지겠다. '지지다'는 먹음직스럽고 뜨뜻하며 진득하기도 한 사랑스런 말이다.

　불 위에서 식재료에 열을 가해 이리저리 뒤집고 섞고 저어 익히는 것은 볶는다고 한다. 물을 자작하게 넣거나 기름 둘러

볶기도 하고, 찻잎 덖듯 타지 않을 정도로 수분만 날리기도 한다. 타서 상하지 말라고 자꾸 뒤집고 젓는지라, 그렇게 들들 볶는 대상이 사람이 되면 이때는 퍽 성가시고 괴로울 터이다. 한편 조리로서 지지기와 볶기 사이에는 많은 것이 함축된 듯하다. 데치고 삶고 찌고 끓이고 우리고 무치고 내리는 모든 조리법을 아울러 '지지고 볶다'로 퉁친 것 같다. 사랑하는 사람과 함께 지지고 볶는 정겨움은 연인들의 멈출 수 없는 갈망이며 삶의 추력이다.

찧기와 까불기는 아침저녁 일상이었다. 그래서 찧기와 까불기는 곧잘 사람을 놓고도 한다. 이 말이 왜 부정적 뉘앙스의 수군수군 뒷말로 전락하였는지 궁금하다. 저나름의 사연 설명할 기회만 주어진다면, 여럿이 찧고 옳게 까부는 과정이야말로 바른 선별과 옳은 제도 수립의 초석이다. 여당과 야당의 진종일 찧고 까불기는 문제의 낱낱을 발리고 고르자는 소중한 논의이다. 움폭한 확에 찧든가 키로 까불어 사안의 크기와 무게에서 불편부당을 없애는 과정이다.

게다가 맛난 풍미 얻으려 지지고 볶으려면, 그에 앞서 재료를 찧고 까부는 전치절차가 꼭 필요하다. 제대로 찧고 까분 식재료 마련하지 못하면, 아무리 정성껏 지지고 볶아봐야 훌륭한 조리 될 턱이 없다. 지지고 볶기처럼 당장 군침 도는 눈앞의 즐거움이 아니라 그저 못마땅한 짓으로 비치지만, 찧고 까불기야말로 일용할 양식의 바탕이다. 정성껏 찧고 까분 청문이 지지고 볶는 행복의 나라를 만든다. (2019.08.23.)

도서출판 행복에너지 회장 | 권선복

살다 보면 이유 없이 마음 무너지는 날 있습니다. 아무 일도 아닌 것 같은데 괜히 서럽고, 괜찮다고 말하지만 실상 마음 불편했던 날. 그럴 때 우리는 어디에도 말하지 못한 채 그저 견뎌 낼 뿐입니다. 『찧고 까불어야 지지고 볶네』는 그렇게 말하지 못했던 마음을 조용히 보듬습니다. 읽다가 몇 번이나 페이지 넘기지 못하고 멈췄습니다. "내 이야기다." 하는 생각이 드는 순간, 읽기를 멈추고 내면을 마주하게 됐습니다.

살면서 많은 것을 애써 잊습니다. 그때의 말 한마디, 그날의 표정 하나, 가슴 깊이 박혀 있던 기억들. 괜찮은 척 덮어두었지만 잊히지 않는 것들입니다. 이 책은 그것들을 억지로 끄집어 내지 않습니다. 다만 살며시 말해 줍니다. "그때… 많이 힘들었지?" 이 한 문장으로 스르르 풀어지고 무너집니다. 그러면서 조금 가벼워집니다. 이 책은 거창한 것을 말하지 않습니다.

대신 가볍게 지나치는 일상 속에서 삶의 의미를 건져 올립니다. "맞아, 나도 그랬지." "그래, 삶이 그런 거지." 그 자연스러운 끄덕임이 이 책의 매력입니다.

그러면서 또 문장 한 줄, 단어 하나로 삶을 반추합니다. '수택'이라는 흔적에서 시간을 더듬으며, '현묘함' 속에서 인생의 깊이를 짚습니다. 그렇게 말을 통하여 삶을 비추고, 삶을 통해 다시 자신을 바라보게 만듭니다. 그러고는 한 문장으로 붙잡습니다. "인생은 원래 찧고 까불고, 지지고 볶는 것이다." 이 구절에서 고개를 끄덕입니다. 힘들었던 날, 억울했던 순간, 참아야 했던 시간도 결국은 내가 살아있다는 거증인 때문입니다.

읽고 나면 변화가 생길 것입니다. 조금 덜 조급해하고, 조금 덜 탓하고, 또 조금 더 이해하게 됩니다. 그리고 어느덧 이 생각이 자연스레 떠오릅니다. "이 책… 꼭 권하고 싶다." 많은 사람들에게 읽히기를 바랍니다. 누군가의 마음을 대신 말하고, 누군가의 하루를 조금 덜 힘들게 하며, 누군가의 삶을 조금 더 따뜻이 보듬을 것입니다.

이 책의 글들이 당신의 마음 한켠에 닿아, 조용히 그러나 깊게, 따뜻한 온기로 남기를 바랍니다.